旅の食卓

池内紀

亜紀書房

目次

うなぎ

石狩川と鮭

石狩川はアイヌ語のイ・シカリ・ベツ（非常に屈曲する川）に由来するというが、北海道中央部の石狩岳に始まり、石狩平野に入ってのちは蛇行をくり返しながら日本海に注いでいる。平野部のあちこちに三日月湖がいくつもあるのは、かつての本流の跡で、S字の屈曲の名残りである。長さは信濃川、利根川につぎ日本で三番目。流域面積では利根川についで第二位。日本を代表する大河である。

その石狩川下流域の北側、石狩平野のまん中あたりに当別町《とうべつちょう》がある。作家本《ほん》

庄 陸男《じょうむつお》（一九〇五―一九三九）の生まれた町だ。今でこそ北海道きっての穀倉地帯だが、明治のはじめに開拓団が入ったころは、鬱蒼とした森林地帯だった。探検家近藤重蔵が明治政府に提出した報告書が述べている。

「イシカリ川の義は、総蝦夷地の中央第一の大河にして、水源までおよそ百里の間、左右うち開け候平地沃野のみにて樹木鬱茂、夷人所々に住居、川上まで、夷人粮魚《りょうぎょ》おびただしくこれあり」

本庄睦男の小説『石狩川』では、奥州仙台の一支藩の主従百六十名が明治維新とともに武士という特権を失い、新天地を求めて北海道へ移ってくる。氷雪に閉ざされた原野をさまよい、原生林に斧を打ちこんで小屋をつくる。サムライの面目などいっさいかなぐり捨て、森と土と川との厳しい闘いののちに村をつくり、「当別」と名づけた。

その当別の町を足場にして、三日がかりで石狩川の河口や周辺の支流をめぐったことがある。ビジネスホテルのフロントには、第二、第三のおつとめといったタイプの年配者がおられるもので、土地のこと、また夜の居酒屋にくわしい。そんな人の助言をかりる場合は知ったかぶりをしないことで、素直にきいてメモをとったりしていると、親身になって教えてもらえる。

「アキアジならここですね」

地図にしるしをつけてくれた。当地では石狩川でとれる鮭をアキアジという。

「石狩鍋ならこちらがおすすめ」

同じ鮭料理でも店ごとに得意ワザがある。店主がなじみだから、ひと声かけておこう――。予約の労までとってもらった。

「雪の絶えないヌタクカムウシュペの裾を西に折れ、山峡の低みをかけおりた水は、急湍《きゅうたん》となって川上の浸蝕谷をよぎる。やがて盆地の水々を集めて西の壁である中央山脈につき当った。かたい古生層の岩角をつき破って湧き立つ奔流となり、イシカリの野に噴きだした」

小説は叙事的散文のように書き出されている。山地では奔流だったものが「イシカリの野」に入ると、ゆるゆると原野をさまよっていく。草木が根を張ろうにも水勢に押され、水に吞まれていく。それでもほんの少しだが、「手をとりあい足をからめあってじりじりとひろがる選ばれた草」があった。強い地下茎をもつヨシ、ススキ、スゲのたぐいであって、ヒゲ状の根が土にしがみついて、つづいてミズゴケ、ハコベ、ヨモギなどがやってくる。

石狩川下流部は濁った水を満々とたたえ、ところどころに水中に突きささったような樹木が見えた。ところによっては水の流れが感じられず、ただ太い筋に見える。大陸的な風土のなかを、悠々と音もなく流れていく。

石狩鍋は生の鮭を味噌仕立てで煮込んだものだ。北海道の鍋料理の代表のようにいわれるが、もともとは漁師が食べていた。それを料理店がメニューにとりこみ、工夫をこらした。野菜はキャベツやタマネギ。明治になって栽培の始まったものが中心で、明治の後半期あたりに、いまのような形に定まったのではあるまいか。はじめは単に鮭鍋、あるいはドンガラ鍋と言っていたものが、いつのころからか「石狩鍋」に落ち着いた。一番の特徴は、鮭の身だけでなく、頭も背骨も内臓も全部入れこむこと。生鮭の「あら」がうまいのだ。その点でいくと、「ドンガラ」の言い方がもっとも合っていた気がする。

翌日、フロントの指南役に報告すると、大きくうなずいた。同じ味噌味でも店によって味が微妙にちがうのは、何種類もの味噌を使いわけるからで、薬味に粉山椒を振るのが地元流だそうだ。

現在は川がきれいに整備されているが、古い写真に見る石狩川はいたるところで水が淀み、大きな淵をつくっている。魚には願ってもない産卵場であって、鮭や鱒が水の色が変わるほどの群れをなしてのぼってくる。まずアイヌ人が待ちかまえていた。ついで「漁利を追う和人」が出没するようになった。開拓者とはべつの人たちであって、本庄陸男の小説では、それが四つに分類してある。

進退を失った者
どうなろうと構わぬ身軽な者
郷里へ帰ったとて食うや食わずの者
どうしても帰れない者

開拓者の家に生まれた陸男少年は、親たちからたえずそんな人々のことを聞かされていたのだろう。時代の転換期にきっとあらわれる故郷喪失者たちである。鮭は生まれたところにもどってくるが、人間には帰るところがない。

明治二十一年（一八八八）、石狩川支流の千歳川に、鮭の人工ふ化場が設けられた。現在は日本各地に二百七十を数えるふ化場のなかで、もっとも古い。アメリカで人工ふ化を学んできた伊藤一隆という青年が、川沿いの豊富な湧水に目をとめ、ふ化事業を説いてまわった。いまでは独立行政法人水産総合研究センターといって、青年の情熱が大きく実った。そこではじめて知ったのだが、かつては鮭の漁獲高三百万から五百万尾だった。それが一九八〇年代を境にして、五千万から六千万尾を数えている。近年いかに飛躍的に技術開発が進んだかがわかるのだ。

しかし、それでも毎年放流している稚魚の数は約二十億尾というから、放流の二〜三パーセントしかもどってこない。鮭もまた大半が故郷喪失者になるらしい。

鍋物の二日つづきは重いので、二日目は少しはりこんで鮭料理のコースにした。はじめに「めふん」という珍味。鮭の背骨についている背腸（腎臓）の塩辛で、お酒のあてに絶妙である。つづいて鮭みそ、塩引き鮭の焼物、飯寿司《いずし》、かじ煮、焼き漬、骨せんべい、酒びたし……。すべて鮭づくし。欲ばってたいらげたので、腹を撫でながら、軒につるされた鮭のように口をアングリあけてホテルにもどってきた。

本庄陸男は苦労して小学校の教師になったが、教員組合の活動をして職を追われた。軍国ニッポンが中国大陸に侵攻して、国中にキナ臭い匂いの立ちこめるなか、プロレタリア作家として農民や労働者を主人公に、困難な状況のなかで打ち倒されても、たえず再起する人々の姿を描いた。厳しい官憲の締めつけにあって転向者があいつぐなかで、みずからの志操を守り通した。

『石狩川』は三十五歳で死ぬ前年、昭和十三年（一九三八）に発表した。いちど連載を打ちきり、あらためて続篇を予定していたが、死によって陽の目を見なかった。書いている間にも、作者にはそれとなく死の意識があったのかもしれない。石狩川は単なる一つの川ではなく、生死のはじめから語られた大いなる生きものであって、おのずとそれは野の生きものと同じように季節ごとに姿を変える。冬は冬眠だ。

「イシカリの原野を二つに区切るこの大河も冬は眠って了うのであった。水は底ひくくもぐって鳴りをひそめた。その上に雪が降り積っていた。川も全く姿をかくしていた」

厚い氷の上に雪が降り積もり、そこに川があるなどと想像もつかない。そっと春の息吹がただよってくると、川がムックリと目をさます。雪が沈んで川筋を見せ始める。水音が高まっていく。

「ぶきみな音を、うおンうおンと響かせる。閉めつけた凍氷を呪うような叫びが聞こえる。やがて春は、下から、地のなかからも来るのであった」

三日目、さすがに鮭は食傷ぎみだったが、しかし、せっかくだからおそわった店へ出かけた。鮭の店で鮭を避けるのは失礼である。三日つづきである旨を断って、「とびきりをちょこっと」と注文した。頭に白い鉢巻をした主人は頬をふくらませて思案してから、小皿をいくつか並べてくれた。串に刺したのが鮭の心臓の塩焼きであることはわかったが、あとはわからない。一つは「ひず」といって、鮭の軟骨。中骨をやわらかく煮たのがドンガラ煮。

「これは？」

「こかわ煮」

そんな名前の鮭料理だという。皮と、すり身と、はらこをいっしょに煮るそうだ。みそ汁には内臓が入っていた。とりわけとっておきが白子の刺身。いわばまるまる一匹をあまさず食べ尽くしたわけで、鮭も成仏してくれるだろう。

「未だ話は発端なるに拘《かかわ》らず大量の文字をならべてしまった」

続篇にかかれなかったことを、本庄陸男は無念がったようだが、むしろそれがよかった。後半に人間模様がくどくどとつづいていたら、川そのものの威力が半減しただろう。もはや読者の見つけにくいプロレタリア文学の一つにとどまったにちがいない。川そのものに「大量の文字」があてられたからこそ、『石狩川』は優れた文学になった。冬と春がせめぎ合うころ、凍氷と水とがまんじどもえの闘いをする。威圧する氷の下で水が吠え、ついで一角を破って氷上に噴き上げる。

フロントのセンセーによると、そのころになるとフキとツクシが水に沈み、幼魚がヨモギの根元を泳いでいるそうだ。このつぎは、そんな春先におじゃますると約束したのだが、鮭修業は何やら集中してすませたぐあいで、いまだに実行していない。

庄内のドンガラ汁

山形県の鶴岡には釣りの名人がどっさりいるそうだ。鶴岡にかぎらず庄内地方には釣り名人がワンサといる。それというのも釣りが盛んだからで、江戸時代の庄内藩では殿さまも釣りをした。ここでは釣りは道楽ではなく武道であって、レッキとした武士のたしなみだったらしい。いったい、どういうことだろう。釣り糸を垂れてボンヤリしているのが、どうして武道になるのだろう?

地図をひらくとすぐにわかるが、鶴岡は海辺の町ではない。庄内平野の南部に

あって、北には鳥海山、南東に月山《がっさん》がそびえ、金峯山《きんぼうざん》が背を落としながら南をさえぎっている。今でこそ車で約三十分だが、昔は夜通し歩いてようやく磯場にたどりついた。そんな町に、どうして釣りが盛んなのだろう。

庄内藩十四万石。元和八年（一六二二）、酒井氏が入封してより二百四十年、着々と町づくりにいそしんだ。鶴ヶ城を中心に二の丸、三の丸、内川の水を引きこんだ百間堀。市中のあちこちに豪壮な長屋門や古い商家が残っている。明治期に建てられた天主堂が美しい。建物は洋風だが、なかは畳敷きで、窓のガラス絵を通して仄《ほの》かな明かりが射し落ちてくる。明治三十九年（一九〇六）一月の日付で、トラピスト修道院長ゼラルという人の言葉が、円柱にはめこんだ青銅のプレートに刻まれている。「慈悲深き童貞聖母マリアよ汝は微賤なる吾私願を聴納し給へるを……」

内川の堤で、明治の女流作家田沢稲舟《いなぶね》の胸像と行きあった。日本髪に端正な若い女の面ざし。ブロンズ像が雨を受けて筋目をつくり、涙を流しているように見える。才たけた医家の娘は十八歳のときに上京。作家山田美妙と恋愛、結婚。破局ののち故郷に帰って、さびしく死んだ。享年二十二。ひところは樋口一葉と競う文才をうたわれたが、一葉は古典となり、稲舟はもはや知る人もいない。故郷にもどってからの作と思われるが、「人は知らねど　ほととぎす」と書き出された短い詩がある。

なれのみ知るか　あはれにも
なのりて過ぐる　声聞けば
我を訪《と》ふかと　なつかしく
しばしなぐさむ　こころかな

おおかたの建物が二階建てなので空が広い。トビがゆっくり輪を描いて飛んでいる。白い土堀の上に老松がのびている。まるで藤沢周平的風景だが、そういえば藤沢周平もこの鶴岡の生まれである。

何となく入った市中の居酒屋だが、おやじは眉太く、顎が張っていて、全身がいかつい。割烹着の下から白いツメ襟のシャツがのぞいている。居酒屋の主人よりも剣道の先生のようだ。

おそるおそるお酒を注文して、棚の上の額入りの魚拓をながめていた。そのうちおとなりから小声で主人の釣果であることを教えられた。「これの名人ですヨ」。両手で棒を握った手つきだが、木刀ではなく竿である。釣り歴四十年。心臓にペースメーカーを埋めた年なのに、釣具をかついで寒風吹きすさぶ庄内浜へ出かけていく。ご常連ともなると、店のことなら、主人の心臓のぐあいまで知っているものである。

「立派な魚拓ですね」

思いきって声をかけると、とたんにおやじの手がハタととまり、目が糸のように細くなって、いかつい顔がなごみ、ほんの少し口元がほころんだ。孫娘を見るようにチラリとうしろを見やってから、すぐにうつむいてモゴモゴと、「いや、なに、ほんの——ちょっとした——いたずらで——」。

ご当地ではブリと同じように、タイも成長につれて名が変わる。はじめはシノコダイ、二、三年魚は「二才」といって、その上がコウダイ、一尺三寸（三十九センチ）をこえてはじめてクロダイとよばれる。釣り人が目の色かえるのは、このクロダイである。名称はクロだが、青いといった感じだそうだ。

「季節は？」

「九月から一月はじめだネ。あとは釣らない。毎日、竿を磨いています」

「どうして春から夏は釣らないのですか？」

「釣れすぎます」

「………？」

クロダイにとって四月から六月が産卵期にあたり、何であれ餌に食いつく。心ある釣り人は卵をもつ魚は釣らない。ついでに釣りの秘訣をたずねたところ、「ハケを読む」ことだと言われた。

「ウン、ハケだな。なんといってもハケのぐあいヨ」

いぜんとしてわからない。ご常連が助け舟を出し、岩や入江に打ち寄せる波のことだと解説した。正確には波そのものではなく、打ち寄せた波の力で、岩場にたまっていた潮が押し出される。そこに生じる水の流れをハケという。波と風向き、釣り師はその強さを読んで、ハケを見定める。竿の長さの二倍から三倍ぐらいはなれたところにハケのある磯が、理想的なんだそうだ。

この夜、ドンガラ汁をいただいた。よく「のっぺい汁」というが、その庄内版で、ここではクロダイの頭を煮込む。あとはおなじみののっぺい汁と同じで、煮汁のアクをとってから、大根、白菜、里芋、ごぼう、椎茸、こんにゃく、その他、お好みしだい。家ごと、店ごとにメニューがちがう。昔は商家料理だったのではなかろうか。冬場の保温と栄養を工夫したもので、多くの店員をかかえた商家では重宝である。何でも入れられるし、台所のつごうで残り野菜があれば、それも使える。煮立ってくると浮いてくるアクを丹念にすくい取って、結びコンブや生姜汁を加えてもいい。汁とともに具をたっぷり盛って、ふうふう吹きながらいただく。

ふうふうのあいだに訊《き》き出したところによると、磯に立ってイトを斜めに振りこむのがコツだそうだ。どうして斜めがいいのか？　垂直に垂れたイトは静止した糸であって、魚が警戒する。斜めのイトは魚には動いているように見える。魚の目の水晶体のせいらしい。餌はエビか沖アミ、竿は苦竹《にがたけ》の一本竿。やりとりがとぎれたとき、おやじがふと自分のおしゃべりに気づいたふうで、恥ずかしそうな顔をした。

「とんだおソマツを……こちらはほんの駆け出しで……」

釣り名人は、決して自分を釣り上手とは言わないものだ。つねに他人を引き合いに出す。自分はほんの見習いで、日出の栗山医院の先生こそ当代の名手である。その先生にいわせると、自分はほんの走りづかいで、双葉町のむこさき幼稚園の園長先生には到底かなわない。その園長先生の言うところによると――永遠の堂々めぐりだ。謙虚なようでいて、それなりにみんな天狗なのかもしれない。大物を釣り上げた人を「天狗さま」と称して、その日は仲間が押しかけていって夜っぴて飲むとか。そのとき欠かせないのがドンガラ汁である。いまでは年中いただけるが、昔は寒い季節の食べ物ときまっていた。

翌日、旧城内のお堀に面した博物館で、より抜きの名竿と対面した。材料はいずれも当地産の苦竹。根も生かした延竿《のべざお》で、生地《きじ》のまま磨き上げる。竹の皮や漆といったものをいっさい使わない。名刀にまさる名竿であって、陶山《すやま》運平、丹羽庄右衛門、平野勘兵衛といった竿づくりの名手が出た。

いつのころ庄内藩で釣りが武道となったのか、正確にはわからないが、豊原多助という藩士の日記『流年録』の享保二年（一七一七）の秋のくだりに、西の浜手の加茂へ釣りに出かけた記述がある。

「かしこにて安右衛門といへる者方にて一宿す。翌日も釣に出て夜に入つて帰る」

お城下から庄内浜まで、ほぼ三里にあまり、長い竿をかついで山越えをするのだから、体力、胆力の訓練になる。もとより竿づくりから始まって、磯場、水流、魚の特性を知らなくてはならない。ねばり強い知力が必要で、磯に立てば真剣勝負であって、いかにも武道である。あやまって海に落ちたりすると減石、即座に俸給をへらされた。

庄内藩士陶山槁木《こうぼく》という者が書きとめた『垂釣筌《すいちょうせん》』という書物があって、磯釣りの古典とされている。居酒屋のおやじの言ったイトを斜めに振りこむのをはじめとして、名人上手の聞き書きに、みずからの体験を筆録した。そして、その一つだが、アタリがあっても、すぐに引いてはいけない。いくぶん竿を前へ送り出して、じっと待つ。目の前の餌が自然な餌なのか、それとも危険なしろものなのか、魚が思案をしている。相手方との知恵くらべからして、すべて武道に通じている。

二尺にある大クロダイがかかると、イトがピンとのびる。ついで竿が弓のようにしなるが、折れたりしない。首尾よく釣り上げると、もとのごく自然な、美しい竹にもどっている。

竿が満月のようにしなるところから、「一竿満月」。釣り人が魚拓に好んで書きつけるフレーズである。

最上川とそば

大きな川に沿って旅行するのは楽しいものだ。道路とちがって水の帯は、もの静かに流れていく。昔は川舟が往き来していて歴史が刻まれている。そのせいか沿岸の町や村に落ち着いた雰囲気と、特有の食べ物がある。

山形の最上川は熊本の球磨川《くまがわ》、静岡の富士川とならんで日本三急流の一つとされている。飯豊《いいで》、朝日の連山に出て米沢・山形・新庄盆地を北流し、そのあと一転して西に向かい庄内平野を抜けて酒田市郊外で日本海に注ぐ。その間、一歩も山形県から出ない。いたってリチギな川なのだ。

「最上川三難所そば街道」というのがある。よくわからない名称だが、最上川の難所とされる近辺に点々とそば屋があって、それをつなぐとそば街道になるというのだろう。もよりの町村の関係者が音頭をとって、そんなキャッチフレーズで売り出した。

その一つは碁点《ごてん》温泉に近い。バス乗り場で古くからのそば屋をおそわった。『おくのほそ道』の芭蕉さんが泊ったようなカヤぶきの民家で、ふすまを取り払った大広間に古風なテーブルが据えてある。座ぶとんを枕に寝そべっている人もいて、よその家の座敷にあがりこんだ感じである。

現当主は三代目で、二代目の品のいいおじいさんはご隠居の身分だが、店にいるとボケないとか、敷居のわきに端然とすわっておられる。

「酒、おいしダ」

「大石さん？」

「にしん、おいしダ」

「西田さん？」

トンチンカンなやりとりをしていてわかったが、そばといっしょに身欠きにしんでイッパイやるとおいしいのだの意味。東京から新幹線だと、たかだか三時間と少しなのに言葉が通じない。俳人芭蕉は西国生まれであって、お伴をした曾良《そら》は信州人だった。しかも三百年も前のこと。さぞかし東北言葉に難儀したと思うのだが、それについては一言半句も述べてないのはどうしてだろう？

ご当地ではせいろではなく、底の浅い木の箱に盛って出る。「そば板」といって、もともとは一枚の板だったようだ。長方形で、両手をひろげてかかえるほど大きい。一人前を「うすもり」というのは、「むかしもり」と区別してのこと。「むかしもり」はそば板にぎっしり盛って、それで「一枚」と言った。「そば一枚も食べられない」とは、一人前ではないこと。ためしに盛ってもらったが、巨大なそばの山で、半人前はおろか三分の一人前で満腹した。

今でこそそばは品のいい嗜好《しこう》食で、名門と称するそば屋では主人がエラそうにしており、粉がどうの、ねりがどうの、つなぎがどうの、汁《つゆ》がどうのといろいろ講釈がつく。しかし、元来は「救荒《きゅうこう》作物」といって、凶作のときにヒエや大根などとともに命をつなぐ食べ物だった。それも手打ちそばは手間がかかるので、そばがきや餅にして食べた。そばがきはそば粉を熱湯でこねて、汁をつければすぐに食べられる。かつてのインスタント食品である。

二代目の長老におたずねすると、そのとおりで、毎日いやになるほど食べさせられたとか。自家製そば焼餅を見せてもらったが、そば粉をよくこね、具を入れてまるめ、囲炉裏ばたで乾燥させた。保存食であって、冬場に囲炉裏の灰の中に入れて焼く。

東北のあちこちにそば街道がある。寒冷地であって、しばしば米の収穫の見込みがたたず、そのためそばの栽培が奨励された。「むかしもり」の巨大な山は、とにかくそれで腹一杯にして労働力としたからだろう。

長老によると、最上川沿いのそばがうまいのは、川から立ちのぼる霧のせいだという。「霧下そばはうまい」と昔から言いならわされてきた。夏でもよく霧が発生して、日照時間が短い。そばの実《み》がしまっていて、そのぶんタンパク質やグルテンが豊富になる。

身欠きにしんでイッパイやりながら、そんな話を聞いた。ただし何度も訊《き》きなおして土地言葉を解読してのこと。にしんは北海道から北前船で酒田へ到着したのが、最上川の舟運で山形、米沢まで運ばれてきた。そんなルートがあって古くから、そば食を補う貴重な食べ物だった。味噌煮に少し甘味があってトロリとしている。トロリをつつきながら、そば三分の一人前人間が、お酒は三人前をいただいた。

その間、ときおりとなりのテーブルの若い男女をながめていたのだが、食べる前、食べている間、食べ終わってからも、どちらも一言も発しない。ケンカをしたのかと思ったが、べつにそうではなさそうで、顔を見合っても失語症のように無表情で、たがいにケータイをいじくっている。

食後の腹こなしに三難所の一つをブラついた。川床に碁石を敷きつめたように岩が突起していて、それで「碁点」の名がついたそうだ。最上川はこの辺りはまだ上流部だが、すでに大河の風格をもち、川面がふくれあがっている。昔はうっかりすると岩の突起に舟底をえぐられ、船頭たちに恐れられた。

「食堂は舟着場にあります。下舟後食事をして下さい（気分が悪くなる場合があります）」

川下りの遊覧船が川っぺりにもやっていて、乗り場の案内板に紙が貼り出してある。しばらくながめていて、やっとわかった。食堂は舟着場にあるが、（乗る前ではなく）下舟後に食事をしてほしい。（さもないと舟の上で）気分が悪くなる場合がある——注意書きが軽度の失語症であって、カッコの部分を省いたのでヘンな文脈になったわけだ。

その日は碁点温泉で一泊。翌朝、最上川を少し下り、次年子《じねんご》という変わった地名の山里へ行った。ポツリポツリとそば屋が点在していて、こちらもそば街道とよばれている。

その一つに立ち寄ったところ、週日のお昼にかなりまがあるというのに、テーブルのあちこちにおとうさんタイプがすわっている。リタイヤ組にしてはアブラっけがのこっているし、現役にしては昼前の飲食がうなずけない。それはともかく、食べ物飲み物ともに、メニューは二つきり。

食べ放題　一〇五〇円
小学生　八四〇円
酒　二合とっくり　六五〇円
ワンカップ　三五〇円

しごく簡単であって、注文する方は考えなくていいし、受ける方もまちがわない。食べ放題は単調なので、なす、きくらげ、かぶ、山菜などの漬物三品付きで、漬物が合いの手になる。となれば二合とっくりに手が出るもので、しごく簡単ながら、なかなか効率のいいシステムなのだ。

汁は大根汁にそばつゆを注いで食べる。ご当主に大根汁の由来をたずねたところ、「子供のころに食っちょったから」とのこと。漬物三品システムについてもたずねると、やはり子供のときに食っちょったから。

次年子は千四百メートルあまりの葉山の北東の山裾にあたり、山並みが入り組んでいて、谷から霧が立ちのぼる。山の背の畑は雪融けが遅く、七月になってようやく作づけにかかる。遅すぎてアワやキビは十分に育たない。「そば七十五日」といわれるように、そばは穀物のなかで、もっとも短期間に生育する。そのためカブや大根とともに、そばがつくられてきた。かつてはそばが主食で、そばなしには山の暮らしはなりたたなかった。土地の人は子供のときから、さんざっぱらそばを食べさせられてきた。ところが近年、土地の人でない人が、そういう食べ物を食べたがっているとわかり、土地の人がつぎつぎとそば屋を始め、街道になるまでになった。幼いころ、涙をこらえて食べたものが、いまや家内繁昌の守り神。

「子供はやっぱりスパゲッティだナー」

初孫という男の子の頭をなでながら、ご当主がひとりごとのようにおっしゃった。

大石田をすぎると最上川は複雑に川筋をかえ、舟形町近くで二度ばかり反転、そのあと北西に向かう。ＪＲ陸羽西線《りくうさい》と川筋が重なりあっていて、電車の中で川下りのお伴ができる。旧戸沢藩の船番所があった古口をすぎると、最上川はまさしく大河であって、ゆったりと山並みを縫っていく。

対岸に小さなお堂が見えた。舟運の守り神だった仙人堂らしい。天を突くようにそびえているのは、樹齢千年をこえるという山の内杉だろう。何ごとにもコセコセしがちな日本の風土にあって、この辺りの景観は大らかで、どことなく大陸的である。そのなかを遊覧船だけが最上川舟歌を流しながら、せかせかと走っていた。

石巻のイカ料理

いまもまざまざと憶えている。岡田劇場、中州、日和山《ひよりやま》、川村孫兵衛、二色餅、石巻ハリストス正教会、石ノ森萬画館……。

ひところ「日本風景論」というテーマに熱中していた。岬や盆地や峠といった特色のある地形をとりあげて、日本の風景の特色を語っていく。「論」とはいえどしかつめらしく論じたりしないで、足で歩き、目で見て、五感でたしかめ、その報告をもって論に代える。

つまるところ、あちこちをほっつき廻りたいがためのテーマだった。ただ視点を「風景」の一点に絞ったせいで、目がいつも緊張していた。カメラにたよらず、よく見て、こまかく脳裏にやきつけた。

「河口」の章は宮城県石巻ときめていた。何度か訪れたことがある。日本有数の大河である北上川は、石巻湾に流れこむ。ながらく奥州米の積出し港として大いに栄えた。河口からかなり遡行したところに分岐点があって、南下してきた北上川がここで二手に分かれ、一つは九十度近く湾曲して東に向かい、太平洋に面した追波《おっぱ》湾へと走りこむ。もう一つは南下をつづけ、石巻湾に注いでいる。

仙台藩の初代藩主、伊達政宗の治世に行われた大土木工事であって、北上川の奔流は東に流し、舟運に必要な分だけ石巻へ送る。そうやって奥州一の河港をつくり出した。東北諸藩の物産がここに集まり、東廻りの廻船で江戸に運ばれた。大工事の指揮をとったのは川村孫兵衛といって、長州で聞こえた土木技師だった。「独眼竜」と称された豪腕の人政宗は、わざわざ長州からスカウトして大事業にあたらせた。河口を見はるかす日和山に孫兵衛の銅像が立っている。

明治以後も大正・昭和を通じ、石巻は変わらず賑わってきた。いつのころか、河口近くの大橋のたもとに岡田座という芝居小屋がつくられた。大正年間には女優松井須磨子が舞台に立った。尾上菊五郎と澤村宗十郎の合同興行が、にぎにぎしく幕をあけた。

戦後は岡田劇場と改名、映画館として町の人々に愛された。漫画家、石ノ森章太郎は隣町の生まれで、中学生のころ、一時間あまり自転車をこいで映画館に通っていた。往復四時間の自転車こぎだが、映画大好きの中学生には、少しも苦にならなかったにちがいない。

正確にいうと岡田劇場は橋のたもとというよりも橋の上にあった。中州を足場にして広大な河口を結び、西内海《うつみ》橋と東内海橋がかかっており、二つの橋の合わさるところにつくられた。橋からながめると、かみ手には船乗りの守り神住吉神社が祀《まつ》られていた。すぐ前の川っぺりに大岩が突き出しており、しめ縄がかけられ、赤い太鼓橋で岸と結ばれていた。岩に土盛りをして松を植えたところ、なぜか横にうねうねとのびて岩に全身をあずけたぐあいになった。なんとものどかな風景だった。

しも手の中州に白い石づくりの石巻ハリストス正教会と並んで、超近代的金属づくりの石ノ森萬画館が建てられた。かつては町の発展を見こして、目のさとい宗教者がやってきた。石巻を東北布教の中心にして、正教会を建てた。白い円柱をもつ八角の聖堂で、入口の陶板は、豊穣をあらわすブドウの房が十字架をつつんでいた。近年、町当局はマンガで町の活性化を図り、ユニークな萬画館をセンターに据えた。

橋から町へもどる道で、石巻名物二色《にしょく》餅の店を野球帽の少年にたずねたところ、「ふたいろもち」と訂正された。

「おじさん、早く行かないと売り切れるヨ」

少年にせき立てられて、おじさんはブラブラ歩調からセカセカ歩きに切りかえた。

海側の町並みの一角に石巻文化センターがあって、当地生まれの反骨の弁護士や、二十代半ばで夭逝した彫刻家の作品が展示してあった。「毛利コレクション」というのもあった。物流の町の蔵守りの息子というが、明治半ばにアメリカ製自転車を乗りまわしていた人の蒐集で、河口の町はそんな文化的道楽者を生み出していたらしいのだ。そんなことまでありありと思い出すことができる。石巻の章は「生死を知らず」とタイトルをつけた。江戸後期に石巻の船、若宮丸が遭難して、乗組員の行方が杳《よう》として知れなかったのにちなんでいる。

二〇一一年三月十一日。激震が東日本を見舞い、つづいて大津波が襲来した。石巻は河口が広くひらいていて、すぼまった奥に人家が密集している。海側は背後に日和山を控えるだけで、まったくの無防備だった。私が訪れたのは大震災後三ヵ月のときだったが、まさしく「生死を知らず」、あまりの惨状に言葉を失った。

岡田劇場は跡かたもなかった。中州の萬画館は大きくひしゃげ、正教会は石が散乱していた。本町通りを激流が走り上がり、商店街は建物はあっても大切な一階部分をそっくり剝ぎとられた。「観慶丸《かんけいまる》」といって船の名をいただく外壁タイルの美しい陶器店があったが、すでにベニヤ板で覆われていた。住吉神社前の岩を這った松は枯れ、太鼓橋は行方知れず。海側は町全体が削いだように消えたなかで、なぜか旧家の蔵だけがポツンと一つ、残されていた。

日和山に登ると川村孫兵衛の像は以前と変わらず、羽織袴に二刀をたばさんでスックと立ち、かなたを指さしていた。その指は北上川の上流をさしており、あたかも激流の奔《はし》ったあとを指し示しているかのようだった。

歩き疲れた夕方、町の人に食べ物の店をおそわった。小あがりのある小さな居酒屋で、お品書きの小さな黒板にはただ「イカ」とだけ書いてあった。腹ペコだとつたえると、とりあえず刺身丼ということになった。皮をむいて透明な身を長めに切って、丼にのせてある。上に大根おろしのテンコ盛り。どうやって食べるのかわからない。出刃を手にしたおやじが、カウンターごしにあいた手で醤油さしを渡してくれた。大根おろしの汁を醤油が味つけする。それが炊きたてのごはんにしみて、気が遠くなるほどうまかった。

　メニューがイカだけなのは、いまなお物流に問題があるのかもしれない。何も知らないのが問うのもおこがましい。「つくる？」と訊《き》かれたので、お酒に合わせておまかせした。しばらくすると、イカの足を叩いたかき揚げが出てきた。香ばしい暮らしの匂いのするアブラの香を嗅ぐと、なぜか涙が出てきて、それが鼻みずになった。目を拭ったり、はなをかんだり、イカの足を食いちぎったり、コップ酒をゴクリとやったり、やけに忙しい。

　つづいては輪切りのフライ。キャベツの山が添えてある。細切りでフライをつつみこんで噛みしめる。あらためて知ったが、新鮮な野菜は、なんとやさしい感触をもつことだろう。もう一つがイカと大根の煮つけ。多少濃いめの味が酒に合うのだ。

　何も問わないし、何も問われない。日暮れに間のあるころ合いで、町には酒を飲む気分でも雰囲気でもないのだろう。申しわけない気持ちで顔を上げると、陽灼けしたおやじの顔が、こころもちなごんだ感じ。ヤナギガレイの一夜干しがあるが、どうだと問われた。こっくりうなずくと、いさい承知の上というふうに、いい間合いで軽く炙《あぶ》ったのが大皿にのって出てきた。白い腹の皮が黒いおこげになってプックリふくらんでいる。

ヤナギガレイは略称で、正確にはヤナギムシガレイだとか。旬は夏と冬というのが不審で、いちどくわしい人にたずねたことがある。ヤナギムシガレイの産卵期は一月から三月で、冬場は腹子をもっていて、オレンジ色の腹子がうっすらと透けて見える。そのころが冬の旬にあたる。産卵後、体力の回復のために餌をよく食べ、夏ごろには身が引きしまって一段とうまい――

夏の旬の一番乗り。そんなことを思いながら、箸をそっと入れると、白い身が背骨からホロリとはなれる。はばかりながらこちらは瀬戸内の生まれ育ちであって、魚の扱いはこころえている。腹をすかせたガキは、手順をはしょって焼魚をがっついたあげく、小骨を喉に突き立てて涙を流した。その点、ヤナギガレイの一夜干しは、手がかからない。はしっこが焦《こ》げてバリバリのところをおさえ、頭から尾までペロリとはがす。

客の手つきに安心したのか、おやじは流し台にもどって出刃を振っている。ノレンの向こうからトントンとまな板の音がひびいてきた。生活感のある音を久しぶりに耳にした気がして、むしょうになつかしい。焦げてパリパリで塩からい尻尾をしゃぶりながら、コップ酒をまたゴクリとやった。貧乏くさい食べ方が、酒の肴の本道というものである。

仙台のホヤ

仙台は伊達公六十二万石のお膝元。仙台城は青葉城ともいった。街は「杜《もり》の都」と称した。高層ビルがふえるにつれて緑はめだって失《う》せていったが、東西を貫く大通りはその名も青葉通り、美しい並木が健在である。これに寄りそった定禅寺《じょうぜんじ》通りには、けやきの巨木が天をめざす勢いでそびえている。

そのけやきの一画からこぼれ出て、南に折れこんだ。細い通りは稲荷小路とある。これに交差するのが虎屋横丁。わかる人はわかる。名前だけでピンとくる。

中国人なら「城北酒家万八千」などと言うのではあるまいか。万八千は大陸におなじみの誇張法で、この近辺、つまり国分町界隈だけで約三千軒とか。仙台の胃袋を一手に引き受けている。稲荷小路には商売繁昌、家内安全、五穀豊穣、さらに火除けの神さまでもある豊川稲荷がおわします。「虎屋横丁」の由来ははっきりしないが、夜ともなると千鳥足の大トラが徘徊することはたしかである。

初夏の風がここちいい。夕もやが立ちこめると軒の提灯が手招きをはじめる。ノレンを目じるしにしてドアを押すと、廻り舞台のようにガラリと世界が変わる。雑然とした往来がかき消えて、太い柱と神棚、格子づくりの天井、やわらかい明かり、炉が切ってあって、カスリの上着にモンペの女性がお燗《かん》番。毎度のことだが、お酒の店の舞台づくりの巧みさに脱帽しないではいられない。

たぜり、篠竹焼、山ひじき、ひでこ、たらっぽ……。お品書きを目で追うだけで喉がうるおってくる。みそ田楽、じゅんさい、茄子焼。思案していると、お通しに手づくりの三品があらわれた。となれば目の愉悦が舌の愉楽に移っていく。ニラのもみづけ、身欠きにしんと野菜の煮しめ、やりいか。駆けつけ三杯は、これで十分いける。誰もがそうだが、しばらくは黙々と飲んでいる。顎を撫でたり、天井を見上げたり、とくとお品書きをながめたり。お銚子おかわりを合図にフーと息がもれて、手がやすむ。

「ひでこ」はふつう「しおで」といわれる山菜で、野性のアスパラガスのような力強い風味がある。そんな家庭料理を味噌マヨネーズにくるみをまぶして、あざやかな一品料理に変身させた。

「こんぼ焼き?」

仙台弁で「こんぼ」は尻尾、いわゆる鶏の「ぼんじり」のこと。脂の浮き立つアツアツを塩と七味唐がらしで中和しながら食べる。

「ハイ、おかわり」

炉で燗したのが、大きなしゃもじのような板で突き出される。何やら文字が刻んであるように思えるが、逆さまで読めない。訊《き》いてみると「大」の字に横向きの「セ」で、「(酒)代よこせ」の意味。とりようによれば「(酒)代たおせ」とも読める。すわる位置により意味が逆転してもいいのである。居酒屋は人生の夜学であって、ホロ酔いとともにさまざまなコトを勉強する。

他座酩酊
大声歌唱

席外問答
乱酔暴論

酒飲みの四戒が壁に掲げてある。犯すやからは襟首とってつまみ出してもよろしい。漢文の作法でクセの悪い呑み助をたしなめている。

「エーと、これは？」

ホヤだそうだ。初夏から秋にかけての仙台の名物。独特の磯の香りにウットリする人もいれば、あわてて手を振って、お引きとりを願う人もいる。それにしても「ホヤ」とは絶妙な命名であって、えたいの知れぬ剝《む》きものがホヤホヤと並んでいる感じ。正確にはマボヤというそうだが、主として太平洋側は仙台沖以北から北海道沿海、日本海側では男鹿半島以北が分布域。それがなぜか仙台の代表的な味覚とされている。ものの本によると紀貫之の『土佐日記』に「ほやのつまの貽鮨《いずし》」と書かれていて、かつては南でもとれたのだろうか。

浅海の魚礁や防波堤に付着している。大きいのは体長十五センチくらい。楕円形をしており、上に孔が二つある。外皮に多くの突起状のイボイボをもち、これで付着するわけだ。剝きホヤとしてパックされて出荷される。あざやかなだいだい色をしていて、特有の苦味と甘味がある。鮮度が落ちると磯臭さが強くなり、それで敬遠する向きが出てくるのだろう。ワカメやウドなど季節の野菜といっしょに酢の物にする。生姜とゆずを添える。珍味としていただいたことはあったが、キュウリといっしょに白いガラスの容器《うつわ》で、氷にのってあらわれたのははじめてだ。

知られるとおり、東日本大震災で三陸海岸はもとより、東北部沿海は甚大な被害を受けた。とりわけ海の幸の豊かなところであって、生活の土台を根こそぎ持って行かれた。知人の街が心配で、そっと訪ねて、あまりの惨状に声もなく帰ってきたこともある。少しずつ漁場を取りもどしたと聞いて、よろこんでいた。ホヤがメニューにお目見えしたのも復活のあらわれだろう。岩礁やコンクリートにしがみつき、孔の一方に海水を入れ他方から出して、海水に含まれているプランクトンなどを餌にしている。宮城県の女川《おながわ》や志津川で養殖されていると聞いたが、生産がもどってきたのだろうか。

マグロのカマ焼きはごぞんじだろう。金華山沖でとれるホンマグロのカマを焼いたもの。「焼まつも」とは何か？　実物を見ないとわからない。海藻をのりのように乾燥させたもので、炙《あぶ》って、もみほぐしたのが、皿にのって出てきた。堅い毛をつかみとったぐあいだが、香りも味も歯ざわりも抜群である。呑み助にはこれさえあれば、いくらでも酒が飲めるだろう。三陸名物だったから、回復の速達便としておしいただいた。

二坪ばかりの調理場からつぎつぎと、色どりあざやかな料理が生まれてくる。ちょっとのぞいたご主人は、剃りあげたデコボコ頭に黒ブチのまん丸メガネ。地物を上手に生かして、一品づくしの「夢」を皿に盛りつける。包丁とまな板の魔術師というものだ。

店にくる前に稲荷小路と虎屋横丁をウロついた。二つの小道の合わさる角に名代の染物屋があって、戸口に木彫りの布袋《ほてい》様が太鼓腹をつき出して笑っていた。七福神もそろそろおもどりくださったらしい。

「染めの黒を〝仙台黒〟などというのはどうしてか?」

ホロ酔いの頭は赤ん坊のように柔軟で、ときならぬ疑問と英知がひらめくものだ。アルコールが頭脳のはたらきをよくするのだろう。せっかく疑問がひらめいても、べつにいますぐ解決すべきことでもないので重荷にはならない。それにひらめいたはなから消えていくものでもある。

相客を観察していると、それぞれの酔いかげんがわかってくる。からだの揺れぐあいがバロメーターで、揺れの角度が一定のゾーンをこえると、要注意である。鼻の赤らみを加算してもいい。三人のお仲間が、てんでに右や左に揺れ出すと終幕がまぢかい。

仙台といった代表的な中核都市の呑み屋では、あるころになると特有の光景に立ち会える。去りがけに挨拶していく人がいるのだ。かわってつれの若いのが名刺を差し出す。公の送別会といったのは、べつの場ですませてきた。ここでは個人的な儀式であって、先輩と後輩、上司と部下の引きつぎ。ただし取引先とはちがって、とっておきの店は誰にも引きつぐというのではない。より抜きのほんの数人で十分。紹介のついでにホヤの講釈をひとくさり。当人もまた先の先輩に伝授された。そこに少々の新味を加えるのは調理場の作法と同じである。はじめはこわごわ口にしたホヤに舌つづみを打つようになり、「さんきしぐれ」が歌えるようになると、転勤の辞令が近いそうだ。

夜十時すぎ。国分町一帯を、多少とも足どりのあやしいのがゾロゾロと行く。小路のなかほどにトイレがあって、入れかわり立ちかわり寄っていく。人生の夜学には、けたたましいベルが鳴ったりしない。夜風が鼻先にヒヤッとしたら、ちょうどいいときにあとにした。曲がり角で、ちょっと思案する。何か忘れものをした気分だが、そういうときは何も忘れたりしていない。無用のレシートまできちんと財布に収めているものである。

西伊豆のおでん

旅先でおでん屋に入るには勇気がいる。おでん屋そのものではなく、店をつつんでいる雰囲気があって、それが土地の人の憩いの場であることを告げている。「ノー」と声高にいうわけではなく、それとなく「わきからジャマしないでね」と、ささやかれているぐあいなのだ。

それでも表通りから横丁に入って、ノレンを出したばかりのおでん屋に行きあうと勇気をふるって、かつはこだわりのない顔をしてノレンを分ける。常連がくる前のお目こぼしを願ってのこと。おかみさんがチラッと見て、「おやっ」と思っても、同じくこだわりのない風情でおでん鍋に目をもどし、小声で「いらっしゃい」とくれば、しめたものだ。

十人もすわれないような小ぢんまりした店なのだ。おかみさんは小太りの、おっとりした人、着物の上に白い上っぱりをはおっている。四角い鍋に澄んだ、透明なだしが並々と張ってある。いかにも店開け早々のととのい方である。大根が淡いブラウンの色どりをおびて行儀よくかさなっている。じゃがいも、ごぼ天、厚揚げ、こんにゃく、ロールキャベツ。隈が仕切ってあって、豆腐が浮き沈みしている。口元を干瓢《かんぴょう》で結んだのは何といったか。やりとりのきっかけにちょうどいい。

「うちでは福袋なんていうんですヨ」

水商売はおめでたい言い方が好きなのだ。袋の中身は、きくらげ、にんじん、しいたけ、糸こんにゃく、それにギンナン。

「ギンナンは、どうあっても欠かせませんね」

ちょっとしたやりとりで、こわばりがウソのようにほどけて、旅先がもう旅先でなくなる。それにしても、やわらかな湯気が顔にかかると、急にハナ水が出たりするのはどうしてだろう？

西伊豆の松崎町は三方を山に囲まれ、一方が海にひらいている。二方から下ってきた川が港近くでＹ字形に合わさる。港や川沿いは役場や町家や商店街で、山側に点々と神社や寺がある。

そんな寺の一つで、風変わりな経堂《きょうどう》と出くわした。二百年ばかり前に当地生まれの彫師がつくったというが、建築学では「輪蔵《りんぞう》」というそうだ。廻転書庫にあたり、六面体をした木箱の集合体である。中心に太い軸が地面に刺さっていて、どういう仕掛けによるのか、見上げるように大きなものが、手をかけるとゴトリと動き出す。六面体が六十の引き出しをそなえ、そこに一切経《いっさいきょう》が納めてある。各面が十二支にわり当ててあって、精巧な彫物がほどこされていた。

一回転させると、一切経全巻を読み、誦《ず》したのと同じ功徳《くどく》があるという。誰が考えたのか知らないが、省エネで、ナマケモノにぴったりである。浄財函に「一回百円」とあったので、いそいそと百円玉を入れて、エイヤと蔵を押した。読経の出だしのように鈍く軸がきしんで、ゆっくりと回り出した。六面につまった経典に頭を撫でられるわけだから、帽子をとって、うやうやしく佇んでいた。まあ、わきを通過しただけかもしれないが、功徳を一身にいただいた気がしないでもない。それがまわりまわって横丁のおでん屋に行きついたのかもしれない。

静岡のおでんは有名だと聞いていたが、どの点でどうちがうのか何も知らない。おでんはおでんであれば、それで十分、満足がいく。だから注文も、いつもと同じ。大好きなちくわぶをメインにして、抱き合わせにじゃがいもや糸コンをとりまぜる。

「そこの……それ」

「ああ、タコね」

イボイボがだしの海からのぞいていた。タコは煮方が難しいと聞いている。あまりやわらかく煮ると、噛む前に口のなかでほどけてしまう。イボがプリッとするぐあいに堅くなったのがタコなのだ。まさにそんなタコを噛みしめていると、しあわせ一杯の気分になってくる。

ノレンを両手で持ち上げて、いかにもおなじみさんがおなじみ客の流儀で入れこみの席に腰をすえた。チラリよそ者を見て、すぐに何でもないそぶり。

松崎町は「伊豆の長八」で知られている。松崎生まれのコテ絵の名手で、江戸末期のことだが、コテという左官の道具を絵筆に色あざやかな絵を描いた。西洋でいうレリーフだが、長八流に工夫した。もともと建物に付属したものだから、江戸市中につくったものは、おおかた関東大震災で失われてしまった。地元で制作したのが後世に残り、伊豆の長八美術館で見ることができる。モダンな建物と江戸の職人とがよく似合っているのは、コテ絵がいたってモダンな造形であったからだろう。

もしかすると長八は、顔のふっくらした、肥りぎみの女性が好きだったのではあるまいか。飾り絵の一つは「炮烙《ほうらく》のおかめ」などと俗な題名がつけられているが、色白の日本美人である。母性そのものをあらわしたように福々しくて健康だ。美術館にいたのは夕陽が傾き出したころで、ガラスごしに黄金の光がさしこみ、西伊豆のヴィーナスが天女のようにほほえんでいた。

常連客がおかみさんと冷やしワンタンの話をしている。下田《しもだ》の町で食べてきたそうだ。冷やしそばはおなじみだが、冷やしワンタンは珍しい。店主が工夫したらしく、いろんな具が上手に盛ってあった。

となりの人が食べている焼飯もうまそうだったので、ためしに食べてみる。これまた味といい、香りといい、文句のつけようがない。

「ひとつがおいしいと、ほかもよろしいものですヨ」

ベテランのおかみさんのセリフにも味がある。

伊豆半島の東側には伊豆急が走っているが、西伊豆には鉄道がない。熱海、伊東、沼津と距離はさほどではないが、ながながとのびる天城《あまぎ》山系にさえぎられている。そんな西伊豆の先っぽにあたる松崎は辺鄙《へんぴ》な土地と思われがちだが、実はそうではない。古くは船が足だった。沼津通いが港ごとにめぐっていた。いわゆる巡港船である。港だけではなく、川づたいに上ってきたのだろう、川っぷちに「川船発着所跡」の碑が残されていた。

川面に火見櫓《やぐら》が映っていた。鉄骨づくりで、丸い屋根に十字の方位柱があって、鐘が下がっていた。万一のときはこれを打ち鳴らしたのだろう。背後の山も、白い橋も、白黒ダンダラ模様のなまこ壁もひとしく川面に映っていた。火見櫓がひときわ高く、登るための段も、見張り台の手すりも、やはり川面に映っている。川のなかに、もう一つの町があるかのようだった。

火見櫓のある風景なんて、久しぶりである。この前はいつのことだったのか、もう思い出せない。火見櫓《やぐら》のわきに時計塔があって、櫓と似たつくりだが、脚木が二本、「万才」をしたように上にのび、てっぺんに風見鶏がのっている。文字盤が風変わりで12と1のあいだに割りこんで13の数字がついている。13時のある時計なのだ。

大正十三年（一九二四）、のちの昭和天皇のご成婚を祝って町の青年団がこしらえた。この世にない時の目盛りを入れるなんて、若い人の茶目っ気がたのしい。昭和の軍国主義に走りこむ前、国全体がまだ健全な時期だった。その橋のたもとを中心に、川沿いが旧繁華街で、明治の豪商の館、呉服の老舗《しにせ》、足袋特約店など、旧世代のブランド店が軒をつらねていた。

こういう町は中高年に向いていて、どこで知ったのか、旅慣れたいで立ちの老夫婦がやってくる。火見櫓のある町は、人生の夕陽組によく似合うのだ。

大橋につづく商店街が、現在の町の生活圏で、鮮魚店、理髪店、電器店、金物店、青果店、バイクの店、喫茶店、文具・本の店、ハンコ屋さん、鋸・刃物店……小店がきちんと商いをしている。落ち着きのある暮らしのかたちと雰囲気をつたえている。車で郊外店に乗りつけ、山のような買いだめをするのは、効率という名の野蛮であることがよくわかる。

「たこやき　生そば　定食　御食事処　創業昭和五年」

店を始めた年を誇らかに掲げたところがけなげである。こういう町には、きっといい呑み屋がある――経験にもとづく予測にハズレなく、横丁に折れこむとノレンが待っていたというしだい。

コの字の入れこみの席が埋まってきて、つぎの人からはお尻を割りこませなくてはならないだろう。しおどきと思いつつ、黙って食べながら常連同士のやりとりを聞いていた。花屋の若い夫婦が新婚旅行で伊豆の島へ行ったとか。アムステルダムだのスペインだの、新婚旅行は海外、豪華三つ星ホテルが当然のような時代に、伊豆七島の民宿というのが、新鮮で、かわいい夫婦がいるものだ。

こういう店に通ってくる人は年齢を問わず親切で、よく気がつく。わが居どころは奥の席で、どうやって出たものか、思案顔して右や左を見まわしていると、みなさん、それと察して、いっせいに立ってくれた。お見送りの敬礼を受けたぐあいである。

ホテルへの道すがら、明かりのともった文具・本の店をのぞくと、立派な顔の老犬がきちんとすわっていた。ながらく盲導犬としてはたらき、引退したと聞いて店の女主人が引きとったそうだ。盲導犬は人間の話がわかる。うなずきながら聞いていると、顔をじっと見つめ、こちらがうなずくと、自分も一つこっくりとうなずいた。あきらかに老犬の顔だが、鼻先は若々しく、花のつぼみのような淡い薄紅をおびているのに気がついた。

八丈島と島寿司

「鳥も通わぬ八丈島」だが、飛行機は通っている。所要時間一時間たらず。うたた寝するより早く別天地に着いていた。ハイビスカスがあざやかだ。ブーゲンビリアが咲き乱れている。肌にまといつく空気が熱い。いかなる習性の樹木なのか、地中にのばすはずの根を一面に横から垂らしている。
しばらく目をパチクリさせていた。人間もまた日ごろの習性のラチ外に置かれると、足が地につかない。頭と体がバラバラで落ち着かない。歴史民俗資料館が

あると聞いてきたので、知識をいただいて頭の調整をするか。それとも空腹ぎみなので何か食べるかして、頭と体のバランスを図らなくてはならない。

郷土料理のチラシをもらっていたので、先に体を検討した。黒潮料理、麦ぞうすい、ショメ料理……。どれも初耳に類するので、さっぱりイメージがわいてこない。流刑の島ということで「御赦免料理」というのもある。放免される祝い料理のせいか、これが一番高価である。

「そば」の旗が目にとまった。とたんに黒潮も御赦免も霧散した。そば自体は平凡だが、明日葉《あしたば》といって、島に自生する野草が入れこんである。名づけて「あしたばそば」。今日葉をつんでも、明日にはもう葉が出ているところからの命名だそうで、それほど生命力がたくましい。古来、不老長寿の薬草とされてきた。

満腹すると腹がすわり頭も落ち着くようで、即座にバランスを取りもどした。気持ちはすでに八丈人のこころもちで、地図を片手にブラブラ歩き出した。陽ざしが強いので、急ぐの禁物。日陰を見つけると、つい足がとまる。

八丈島が歴史に出てくるのは、江戸幕府がここを流刑の島と定めてからである。最初に送られてきたのは豊臣五大老の一人、備前美作《みまさか》の領主宇喜多秀家《うきたひでいえ》だった。秀吉の恩義を忘れず、関ヶ原の合戦に敗北を覚悟で石田方についた。筋を通したばかりに五十年間、配流の月を見た。

島の本屋で手に入れた『八丈島流人銘々伝』によると、現代では首をかしげるような罪で流刑になっている。父が養子を実子と偽っていることを知りながら黙認していた罪。猫が井戸に落ちて溺死したため御台所頭《かしら》が島送りになった。吹き矢でツバメを射落とした罪。ある人は病気の馬を山に捨てたのを問われた。罪についての考え方がずいぶんちがう。

若い浪人は、父が作成した偽《にせ》の系図を持ちあるいて任官を求めたのが発覚して島流しになった。泰平の世になりリストラされた武士の親方が、職探しに無理をしたらしいのだ。

「御本丸御酒部屋錫《すず》徳利紛失の罪」

当番の六人全員が流刑になった。

江戸のはじめから明治四年まで二百六十五年にわたり、計千八百人あまりが島にやってきた。武士、僧侶、俳人、医師、石工、家具職人、彫刻師、学者……。なかには茶人もいた。流人船で送られてきて、火山灰地の島に降り立ったとき、はたして何を思ったものだろう。

最初の八丈島は、ちょっとした目的をもっていた。八丈陶房といって、火山灰の島でやきものをした人がいる。青木正吉といい、記録映画ではよく知られた人だった。大正七年(一九一八)、北海道小樽の生まれ。大学を出て日本映画社に入社。間の悪いときに生まれた世代であって、さてこれからというときに兵隊にとられた。大日本帝国が「大東亜戦争」などと称したばかりに戦線は拡大の一途をたどり、青木青年は南方に送られ、ジャワ、ボルネオ、ベトナムを転々として、スマトラで敗戦を迎えた。のちの南の島への移住は、戦中の南方体験があってのことだったかもしれない。

三十代の青木正吉は高村光太郎や坂本繁二郎、梅原龍三郎といった画家、彫刻家の人と作品をめぐる映画をつくった。記録映画「エラブの海」で文化庁芸術祭賞、またヴェネツィア国際映画祭で受賞した。四十三歳のとき、海外向けの記録映画「日本のやきもの」を制作。これが作陶との出会いだった。

いや、その前から好きな道で生きることを考えていたのだろう。ひそかに準備をしていた。作陶家小山冨士夫に手ほどきを受け、休暇をとっては種子島や唐津へ出かけて土と親しんだ。職場では常務取締役の要職にあったが、五十歳を前にして退職、昭和四十二年（一九六七）、八丈島に移ってきた。日本サラリーマン史にあって、脱サラ第一号にあたるのではなかろうか。

八丈島にしたのは、やきものの処女地であって、前人未踏が気に入ったらしい。そのあたりが戦中派の反骨精神にちがいない。江戸の流人に茶人もいたが、誰もやきものを試みた形跡がないのは、ひと目でやきものには適していないとわかったからだろう。高温、多湿、並外れて雨が多く、台風が襲ってくる。そもそもが火山島であって、ろくに土がない。およそ窯づくりの条件を欠いていた。そこへ敢然と落下傘で舞い降りたぐあいなのだ。

八丈陶房は白い瀟洒《しょうしゃ》な二階建てで、一階右手が陳列室にあてられていた。大ぶりな縄文風の壺、四耳壺、焼きしめの俵壺。手で触れるとわかったが、実物以上に大きく見える。ちょっとした装飾が土の量感にはたらきかけるからだろう。ちょっとした「作劇法」であって、映画でさりげないシーンをはさんで劇的効果を高めるのと似ているかもしれない。

濃い茶の色調が艶をおびて優雅である。八丈富士の溶岩をこまかく砕いて釉薬にした。青木正吉は悪条件を逆手にとった。島の名産黄八丈は刈安《かりやす》の煎汁と椿の灰汁《あく》で染める。古人の知恵をやきものに転用した。八丈島にはまた榊《さかき》が自生しており、その灰で澄んだ緑の色づけをした。島の特性をよく知っており、落下傘で舞い降りるに先立って、必要な情報を調べあげていたと思われる。

「思われる」というのは、当人はとっくの昔にこの世からいなくなっており、聞くわけにいかないからだ。友人の作曲家團伊玖磨《だんいくま》がエッセイ集『パイプのけむり』にくわしく経過を書いている。昭和五十四年（一九七九）のこと。八丈島空港で握手して別れたのが八月十二日。二日後の十四日、知らせが入った。青木正吉が「倒れた」、自衛隊のヘリコプターで日本医科大学付属病院に運ばれてきたという。作曲家が大急ぎで病院に駆けつけると、すでに遺体として霊安室に置かれていた。

「……僕は霊安室を小走りに出ると、人に隠れて、夜の植え込みの陰に蹲《うずくま》って胃の中のものを嘔吐《もど》した。涙も、鼻汁も、そして、耳からさえ悲しみが噴き出る思いだった」

死因は急性心筋こうそく。無理に無理をかさねてきた世代は、いつも土俵ぎわで生きてきた。最後の弟子が陶房を受けついで、仕事場はことともなく維持されている。ただ無謀で、かつ軍略にたけた当主がいないだけである。

夜は港に近い居酒屋で黒潮料理をいただいた。刺身、あしたばこんにゃく、海苔、酢の物二品、麦ぞうすい、二年漬八丈こうこう。さらに島の焼酎を過分にいただいたのに、値段ときたら、びっくりするほど安い。ありがたさに涙がこぼれた。

フラつきながらホテルをめざした。満天の星空で、夜は肌寒いような海風が吹く。クシャンとクシャミを一つ。多少とも東京無宿といったこころもち。

島に送られてきた人々は、はたして天を恨んだろうか。凶作のときは飢えに苦しんだようだが、ふだんはわりとのんびり暮らしていたようである。句会や歌の結社もあった。記録によると、赦免になりながら帰らなかった人もいる。たかだか錫徳利一つのために六人が犠牲になるような管理社会である。その外に出て、ひそかなユートピアを見つけた人もいたらしいのだ。

*

最初の八丈島は二泊三日だった。

二度目は四泊五日になった。十数年をへだてのこと。島の人に、それとなく八丈陶房のことをたずねたところ、「もうない」の返事だった。もうだいぶ前になるが、工房ともに閉じられ、あとを継いだ人は島を立ちのいたそうだ。半ば予期していたので、ただうなずくだけにした。

距離でいうと東京から約二百九十キロのへだたりだが、八丈島は行政的には東京都だから、車は品川ナンバーをつけている。言葉はむろん日本語で、なんの不自由もない。にもかかわらず風土がガラリとちがう。山野を埋めた植物の色あざやかなこと。おそろしいほどの生命力。もともと火山島であり、黒潮に洗われ、雨が多い。おなじみのハイビスカス、ブーゲンビリア、パパイヤ、マンゴー。少し目がこえてくるとトックリヤシ、タビビトノキといった珍しいのと対面できる。コーヒーノキやバナナの花にも出くわせる。言葉や習わしに気疲れせずに、のんびりと異国気分がたのしめる。

若い人の経営するホテルはヨーロッパスタイルで、ベッドルームとベランダが上手に組み合わせてある。客は鍵一つを管理するだけで、自分の当座のお城になる。人の好みはさまざまだから何ともいえないが、私はベッドが清潔で、きちんと掃除がしてあって、そっけないホテルが好きである。

かつては一万人をこえた人口が、当節は八千人ぎりぎり。仕事がなく、高校を出ると若い人が島を出ていく。その一方で数は少ないが若い移住者もいて、思いがけないところにカフェを開いたり、カレー屋を始めたりしている。

毎日、およその区画をきめて散歩するのが日課だった。何を見たいというのでもなく、ただ足の向くままのそぞろ歩きだ。大通りからわき道に入ると、とたんに方向がわからなくなる。島に特有の道のつくりで、つねにうねりながら横道をのばしていく。島の人には近道がお見通しだが、よそ者には迷路に入ったぐあいで、フシギの国に来たぐあいなのだ。

食べ物にも格段の成長をして、毎夜のように島寿司をいただいた。はじめ寿司をカラシで食べると聞いて耳を疑ったが、食べてみると、あっさり味で、実にうまい。メダイ、オナガダイ、トビウオを醬油ダレに漬けこむ点が独特で、もともとは漁に出る際の弁当用に、日もちがするように工夫がされた。軽くにぎってあって、なるほど、カラシがいい味付けをしている。いくらでも食べられる。

ほかにトビウオの刺身、ムロアジのすり身汁、あしたばの天ぷら、「ぶど」といって、海藻を煮溶かして固めたもの。名物のくさやは、匂いでヘキエキする向きもあるが、八丈島産は匂いがソフトだと言われている。どういう点でソフトなのかわからないが、はじめのひと嗅ぎでタジタジとしても、味覚が深まるほど気にならなくなる。酒飲みには、こたえられない。文字どおり満腹のきわみまでいただいて、お勘定がやはり、ウソのように安いのだ。

「今日はどうでした？」

口数の少ないホテルの主人が、珍しく声をかけてきた。トシをくった酔狂な流刑人が、鼻歌まじりにご帰還になったせいらしい。

甲州のほうとう

　毎年クリスマスになるとブラジルからクリスマス・カードが届く。ブラジルというと、いつもサンバを踊っているように思うが、それはもの知らずだからで、年の瀬が近づくと、お祈りの季節になる。
　カードは線の細い女性文字で、ごぶさたの詫びと、元気で過ごしている旨のことが書かれているだけで、手製のものに写真があしらってあるようなたぐいではない。そっけないカードだが、いかにも人柄そのもので好ましい。ほんのちょっとした小旅行をともにしただけだが、なぜか印象深く記憶に残っている。

山梨県北部に乾徳山《けんとくさん》という山がある。甲府市の北、笛吹川をどこまでもさかのぼったところ。西沢渓谷に入る手前あたり、広瀬ダムがつくった人造湖の西かたにそびえている。

そのころ、春一番は乾徳山ときめていた。灌木《かんぼく》帯を抜けると、いちど草地に出て、それからちょっとした岩場と、それなりに変化に富んでいる。山梨の名刹《めいさつ》恵林寺の山号が乾徳山で、定規ではかったように寺の真北にある。ホトケさまに見守られているぐあいで、安心して登れる。

そのときは「ヒゲのセンセー」のあだ名のあるデザイナーと、センセーにつれられてきた若い女性がいっしょだった。標高二千二十メートル。わずか二十メートルとはいえ、二千をこえると、年によっては残雪が多い。岩場がガラスのように凍っていたりする。そんなときは無理をしないで、さっさと下ってくる。登山口に近い川浦には温泉宿があり、桃の花の里も近い。笛吹川沿いには寄り道したいところがいくらもある。

地図をひらくとひと目でわかるが、甲府盆地を中心にして、三つの川がYの字を描いている。正確には二つの川で、笛吹川と釜無川《かまなしがわ》が盆地の南で合わさって富士川になる。Yの中心部以外は、どこも川の左右に山が迫り、狭窄部《きょうさくぶ》を水の帯が貫いている。山々は大菩薩山、甲武信ヶ岳《こぶしたけ》、金峰山《きんぷさん》、南アルプス、身延《みのぶ》山地、はては富士川からもわかるとおり天下の霊峰富士山ときて、膨大な水を送ってくる。有名な「信玄堤」をはじめとして、甲州に由緒ある堤や堰が多いのは、それだけ大がかりな治水工事が必要だったせいだろう。

水を制する者が国を制する。ふだんは山峡の美しい川だが、ひとたび雨がつづくと、稀代《きだい》の暴れ川になる。「笛吹川」などと名前は優雅だが、水かさまして矢のように下るとき、空気を裂くような、息つよく笛を吹きならすような鋭い音がするので名づけられたのではあるまいか。

女性の足つきから草地をゴールにして早々に里に下り、川浦温泉に一泊した。その人はブラジルに行く。旅行ではなくて移住する。ブラジルに住みついて、もどってこない。現地にいる友人の世話で、住まいをきめた。職も見込みがつきかけている——。

夕食のとき、そんな話を聞いた。どうしてそんな決心をしたのか、とりたててたずねたりはしなかった。ヒゲのセンセーも、女性のことは何も知らないようだった。ある会社の広報担当で、広報誌のデザインをたのみにきたのがきっかけで、甲州の話をして、何の気なしに誘ったら、同行することになったそうだ。

女性は足手まといを謝ったが、べつにそんなことはなく、おしゃべりなセンセーの相手をしてもらえて、こちらは助かった。それにしても女性には、どこかしら日本に愛想づかしをしたようなところがあって、それが気になったが、そんなことも問いただしたりしなかった。

翌朝、恵林寺を訪ねたあと、すぐ近くの向岳寺《こうがくじ》に足をのばした。少し変わったつくりの、ほとんど人のこない、もの静かな寺だった。裏手は一面の菜の花畑で、春の陽ざしが眩しかった。このような風景と季節感は、とてもブラジルでは望めまい。つい口から出そうになったが、言わずにそのまま呑みこんだ。

治水工事は川から里へと及んだのだろう。畑を分断して用水路が走っていた。平地の大半は川がつくった大小の扇状地であって、伏流水が流れている。土壌は砂礫《されき》を多く含むので、水位が低い。そのため堰がつくられたのだろう。一見、めったやたらに水路をのばしたぐあいだが、湧水口や高低を正確にはかってのこと。

小さな畑が無数の段々になっていた。それぞれ、小石を積み上げて段をつくった。気が遠くなるような作業だったはずである。近づいてわかったが、菜の花は意外と背が高いものだ。どうかすると肩まで隠れる。段が一つ上がると、こんどはレンゲ畑で、土壌が合っているらしく、モコモコ盛り上がるぐあいである。天然の絨毯《じゅうたん》というもので、幼いときのように、おもわずそこで転がりまわりたくなった。

斜めに用水がよぎっていた。幅三メートルあまり。左右から草が繁って水面をのぞきこんでいる。人工の水路だが、いつしかまわりととけ合って自然な流れになった。そんな感じで、水は澄みかえり、川底がくっきりと見える。

オトナ三人がめいめい川っぷちに腰を下ろして、ボンヤリしていた。私はポケットからタバコを取り出した。若い女性は小声で何やらハミングしている。ヒゲのセンセーはヒゲを撫でていた。いつのまにかヒゲに、めだって白いものがまじってきた。

「アレレ……」

私はタバコをもみ消して、顔を水面に近づけた。川底がピカピカ光っている。砂礫がこまかい砂になり、そこに小さな星のかけらのように光るものがある。

「どれどれ――」

わきからヒゲがのぞきこんだ。

「砂金かもしれないね」

甲州はながらく黄金《こがね》の国だった。かつては黒川、湯之奥《ゆのおく》、雨畑《あめはた》、黒桂《つづら》など、笛吹川や富士川の奥まったところに金山がちらばっていた。有名な甲州金と甲州銀は、戦国のころから江戸時代を通じて使われた。幕府が貨幣制度の統一を図ったときも、甲州一国は頑として従わなかった。「信玄公のお定め」を申し立てて、甲州金を使いつづけた。それだけの資源と鋳造技術をもっていたからである。

あとのことは、人に話せるたぐいではない。男両名はズボンの裾をまくり上げて水に入り、タオルで水をすくっては、笊《ざる》をふるうようにして水を濾《こ》した。タオルの縒《よ》り目に、砂つぶといっしょに金粉《きんぷん》がついてくる。切片をこまかく砕いたように薄くて小さい。何度もそれをくり返した。

はてはシャツをぬぎ、パンツ一つで水にもぐった。春の小川は冷たかったが、気がつくと少年の昔にもどっていた。タオルの金粉を集めると、小指の爪先ほどの量になった。

「ブラジルの資金にどうぞ」

タオルを四つに折って進呈した。

塩山《えんざん》駅近くの「甲州名物」のノボリの出た店で、おなじみのほうとうを食べた。幅広の生麵を、旬の野菜とともに煮込んだもの。カボチャを入れるのが甲州の特色で、別名が「ぶちこみうどん」。冷えた体にはなんともうれしい。歓喜のうめきをあげながら、すすりこんだ。額に汗が浮かび、なぜか涙が出てきた。ほうとうのねっとりしたおしると汗と涙で、三人とも顔がうだったようになった。どこかさみしげだった女性が、終始ほほえんでいた。笑い顔の美しい人だった。

「甲州ではほうとう、群馬ではおっきりこみ」

博学のヒゲのセンセーが、もったいぶって講釈をした。ほうとうを伝統料理などというのは大げさな言い方で、暮らしの食べ物であり、ほぼどの地方にも似たものがあって、名がちがうだけ。幅の広い麵に、残りものの野菜、根菜類をどっさり入れる。グツグツ煮れば煮るほど味がしみてうまくなる。粉食《こなしょく》はアジア料理の特色で、どの国も特有の「ほうとう」をもつものだ……。

そんなことを言いながら、鼻をヒクヒクさせた。奥から香ばしい匂いが流れてくる。味噌を焦がすときの匂いだ。壁のメニューに「みそ団子」とあるのがそれらしい。ためしに一皿注文すると、蒸し団子を串に刺して、一皿二本、四個が一串。ほうとうでふくれた腹だが、異質のものを迎えて、またもや活気づいた。さらに一皿追加。白い団子に味噌だれをぬって炭火で焼くのだが、焦がしぎみにするのがコツらしい。焦げ目のパリパリと、団子のやわらかさが、いいぐあいに一つになって、これまたフーフー言いながらアツアツにかぶりついた。

タオルでこれだけの金粉がとれたのだから、大々的にやれば金塊ほどになりはしないか。フーフーのあいまにヒゲのセンセーとそんな話をした。やはり無理だろう。採算に合わないので、誰も見向きもしないのだ。腹がふくれると、水くぐりの少年が消えて、世間に通じた中年オジさんになっていた。

半年ばかりしてブラジルから手紙が来た。若い女性は新しい世界にきちんと対応してきているらしかった。暮らしに必要な言葉を身につけた。友人も少しできた。そのとき知ったのだが、甲州小旅行をしたころ、彼女は公私にいろんなことがあって、人生に絶望ぎみだったらしい。そんなさなかに、水くぐりに熱中しているオジさんを見て、希望がわいたそうだ。世の中のあまりもののようなわれわれでも、自分の知らないところで人のお役に立っていたようなのだ。

金粉のことは何も書いてなかった。きっとブラジルの風に散り飛んだのだろう。

魚沼の食材とおやつ

魚沼といっても、すぐにピンとこない人でも、川端康成の有名な小説の出だしはごぞんじだろう。

「国境の長いトンネルを抜けると雪国であった」

小説『雪国』のはじまりが魚沼のはじまりでもある。越後湯沢、塩沢、六日《むいか》町《まち》、浦佐、小出《こいで》……。三国《みくに》街道の宿駅が魚沼の里の一里塚であって、現在は湯沢町、南魚沼市、魚沼市と行政が分かれているが、昔は魚沼一国。江戸時代の名著として知られる『北越雪譜《ほくえつせっぷ》』では、そっくりひっくるめ魚沼郡《ごおり》として語られている。塩沢の人である著者鈴木牧之《ぼくし》は、そこにつねづね「わが」をつけた。

「わが魚沼郡では……」

魚沼のほぼ中央にあって四方に見はるかす天地こそ、誇らかに語るべき故里魚沼だった。

南は谷川連峰、東は巻機山《まきはたやま》、八海山、越後駒、西に魚沼丘陵、山々のつらなりが三方を囲み、まん中を魚野川が流れている。ゆるやかに南北にのびた長細い袋に似ており、袋をとじる紐のように、北で魚野川が信濃川に注いでいる。日本海からの湿った大気が谷川連峰にせきとめられ、大量の雪をもたらす。魚沼は日本有数の豪雪地帯であって、それが独特の風土と暮らしをやしなってきた。

小説『雪国』の作者は雪深い季節しか知らなかったようだが、もとよりいつまでも雪に覆われているわけではない。春三月、見たところは白一色の世界だが、春の使者が忍び足で近づいている。

地図には六日町の北に二日町、五日町、九日町といった地名が見える。かつて市《いち》が立った名ごりであって、もの静かな街道筋が、当日は大いに人で賑わった。その五日町と九日町の東寄りに「大崎」とある。地図によっては「水」のマークがついている。水源は裏山の「滝谷《たきや》」というところで、古くから「滝谷の清水」とよばれてきた。大地から湧く水のありがたさで、雪のさなかでも水温十二度とかわらない。大崎地区の人々はこの水を利用して、独特の野菜を育ててきた。「大崎菜」といって、小松菜の一種だが、苦味が強く、嚙むほどに、ほのかな甘みにかわっていく。新種が現われたのは二百年以上も前で、それを手塩にかけて市場のブランドに育て上げた。春一番の生鮮野菜であって、おひたしにいいし、味噌汁にもいい。湯気とともに特有の香りが鼻をくすぐりにくる。

ハウス農園を訪ねた折に、地区の氏神様である大前《おおさき》神社に詣でたところ、手水舎《ちょうずや》の竜の口から澄んだ水が勢いよくほとばしっていた。竜とはいえ吐き口のまわりにヒゲのようなコケがはえ、両眼にブルーのガラス玉がはまっていて、さながら青い目の水吹きじいさんである。澄んだ水がたえまなく歌うような水音をのこして落ちていく。この水につつまれているのだもの、雪中でも青菜がスクスク育つわけだ。

同じ野菜でも南の六日町はナスである。まん丸い小つぶで、その名も「魚沼巾着《きんちゃく》ナス」。布や革でつくった小型の袋を巾着というが、それにちなんでいて、こちらもおナスの世界のブランド物だ。

南魚沼を歩くと古木の下などで、「老農」「篤農家」といわれた人の記念碑と行き合うものだ。新田を開き、土地にあった作物を根づけた人がいる。六日町城内にある「老農栗田忠七翁之碑」もその一つで、明治半ばすぎ、自然交配の品種を改良して巾着ナスを生み出した。まん丸の紫色、硬い玉のように実がしまっており、見た目もなんとも可愛い。漬け物にすると、歯ごたえがあって、大崎菜と同様に嚙むにつれ味わいがにじみ出る。

これだけの絶品なのに、市場に出まわりだしたのはごく最近のことなのだ。それまでは農家が自家用につくり、もっぱらわが家で消費していた。普通の長ナスよりも手がかかって、同じところにあまり長くは連作がきかない。さらにやわらかで食べやすいのが時代の好みになって、皮も実もキリリとしまった巾着ナスは敬遠された。

ひところ姿を消しかけたのを、これではならじと取り組んだ人たちがいる。現代の篤農家は碑にはならないが、市場の動向をよく観察していて、お子さまランチのようなやわらか一辺倒に変化が生じたのを見てとった。嚙みしめるオトナの味こそ食文化になくてはならない条件なのだ。ナスのひとつ煮によし、焼きナスによし、田楽によし。それにむろん漬け物であって、漬け方にコツがある。たっぷり漬け汁を用意して、強めに押す。塩漬けは塩とミョウバンだけで漬けるので、食べ頃に気をつけること。このところ魚沼市着の出荷量が倍々ゲームのようにふえている。八月の六日町で、とりたてが籠に勢揃いしているのに立ち会ったことがあるが、いたずら坊主どもがひしとかたまって、てんでにおしゃべりしているかのようだった。

命名のおもしろさでいうと、もう一つ横綱クラスがいる。

「かぐらなんばん?」

二度、三度と聞き返して、やっとわかった。おかぐらの神楽と「南蛮渡来」などというときの南蛮とがくっついた。現代の篤農家そのままの方の畑へ出向いて、とくと実物を拝見した。見たところは柄《がら》の大きなピーマンだが、ピーマンではなくて、とうがらし。肉が厚くて一段と辛い。たたいて細切りにして、塩もみしたのが伝統食の「たたき」。テンプラにもできる。味噌漬け、塩漬けもよし。大振りでデコボコしているのがお神楽の面に似ていて、また南蛮の原種とされるところから神楽南蛮の名がついたというが、大らかで愛嬌があって、当代のコピーライターがくやしがるようないい名づけである。

名実ともにスター性のある野菜だのに、これも市場に出だしたのは最近のこと。農家が自家用につくり、家族で食べて、それでおしまい。だから裏手のちょっとした畑で育ち、用がすむと姿を消した。

カンカン照りの夏空の下で、畑のへりにしゃがんでいた。神楽南蛮のタネまきは三月末から四月初めで、収穫は七月末から九月にかけてのこと。青々としていたのが下から順に赤らんでいく。収穫前は火のように赤い。

苗床《なえどこ》は「踏み込み床」といって堆肥《たいひ》を敷き込む。発芽の温度が難しいそうだ。ナスより高いことはたしかだが、では何度くらいかというと、よくわからない。何十年もやってきたのに、栽培方法がまだよくわからないそうだ。連作がきかないので畑を移すたびに一からやり直しで、夏の暑さ、雨量、土の性質によってちがってくる。一つだけわかっているのは、雨が少なく、昼間暑くて夜は涼しいと、実がよく育つこと。ただし、自分のところは肉厚なのに、お隣りは肉が薄いということもある。

「イキモノは難しいネ」

哲学者の言葉を聞いたように思った。

神楽南蛮はいまや隠れエースである。味がよくて、ビタミンCやカロチンなど栄養価も高い。発酵、熟成させた「塩こうじ漬け」を商品化した人もいる。イカの塩辛をなめながらチビリチビリやるのは酒呑みの醍醐味《だいごみ》だが、お神楽の兄弟分というところが豪気ではなかろうか。

江戸時代の雪国をめぐる古典『北越雪譜』の著者鈴木牧之は、この宿場町に生まれ、ここで生涯を送った。越後縮《ちぢみ》の問屋の主人だった。『北越雪譜』はタイトルのいう通り雪の記録だが、鮭《さけ》についてもくわしく述べている。

「越後の鮭は初秋に海を出て千曲川と阿加川をさかのぼる」

千曲川は信州の言い方で、越後に入ると信濃川である。阿加川は阿賀野川のこと、牧之は「千曲川と魚野川の合流する川口」を例にとって、産卵のようすをこまかく述べ、つづいて不思議な予測をしている。

「私はつねづね考えているのだが、寒気のころに捕れた鮭の卵に男魚の精子をしぼりかけ、川の砂や小石に混ぜ、瓶のようなものに入れる。これを鮭のいない地方の川に沈め、三年間は禁猟とする。いずれその川に鮭があふれるのではなかろうか」

まさしく現在、各地の漁協やふ化場で行われている稚魚放流事業である。鈴木牧之が『雪譜』の草稿を仕上げたのは文化四年（一八〇七）ごろとされているか

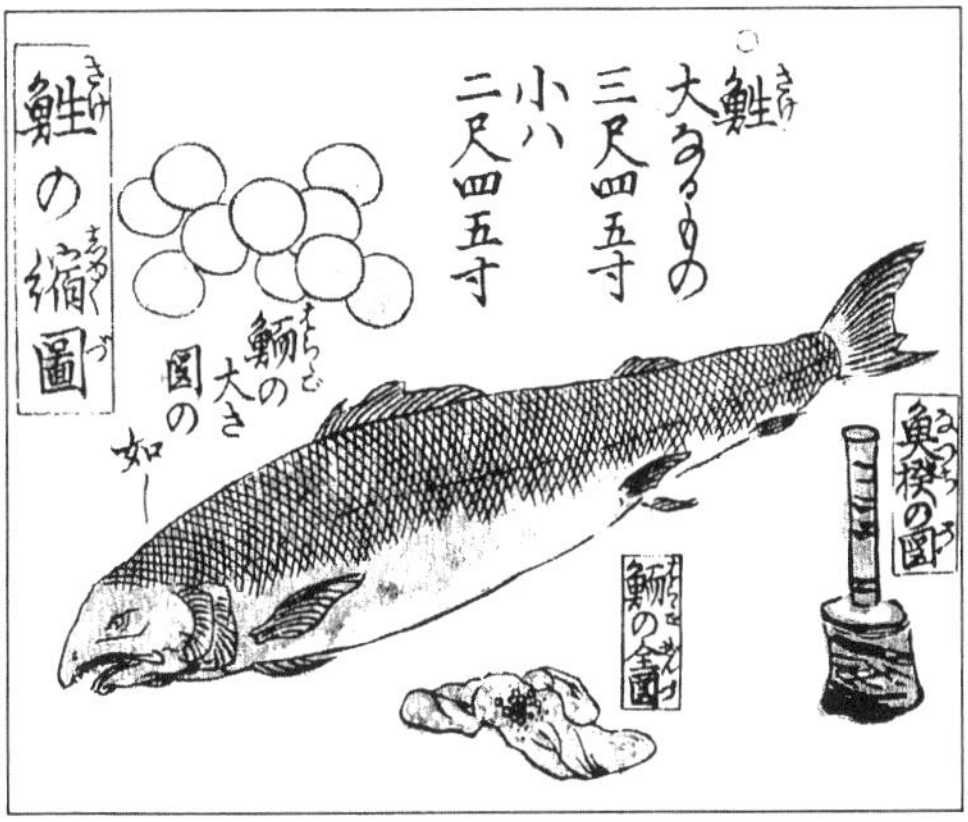

『北越雪譜』所収の鮭の図

ら、二百年以上も前に鮭の人工ふ化を考えていたことになる。

新潟県は全国屈指の鮭漁のさかんなところで、魚沼にも二ヵ所の人工ふ化場がある。魚野川の川べりで、採卵から授精、ふ化器の中で育って稚魚になるまでを見学できる。卵に黒い目玉ができるのが稚魚のはじまりで、やがて自分の体内から酵素を出して、それで卵膜をとかして外に出てくる。ふ化の過程で、もっとも感動的な一瞬だという。

江戸時代の人鈴木牧之には、生まれた稚魚がどうして餌なしでいられるのかわからず、「卵は腐らないし、ふたたび流れを受けると、ちゃんと魚になる」と強引に結論づけたが、現代ではむろんわかっている。稚魚には腹のところに「臍嚢《さいのう》」という赤い袋があって、これから栄養をとるのだ。

稚魚の放流は二月上旬から約二ヵ月間つづく。そのころ体長は五、六センチ、体重一〜一・五グラム。魚沼一帯はまだ雪に埋もれているが、魚野川の支流の清水川は湧水が流れており、稚魚たちは幼稚園児が駆け出すように、押し合いへし合いしながら清流を下っていくそうだ。一グラム少々だったのが大海を遊泳したのち、何キロもの大魚になって元の川筋にもどってくる。イキモノ特有の英知に舌を巻かずにいられない。


ともあれ当地きっての食材は、いわずと知れた南魚沼産コシヒカリである。数ある全国の米のなかでも、とっておきのブランド米だ。どうして南魚沼産はそんなにうまいのだろう？

誰でも思うのは、土地が稲作に適していること。三方を山々に囲まれていて、ゆたかな水がある。ただの水ではなく、地中からの湧水と雪どけ水が自然の栄養を運んできて土を肥やす。魚沼一円に「新田」の地名がちらばっているが、農にくわしい人が、水はけのよい土壌を見つけて田を開いてきた。こうして稲の根が

「根腐れ」をおこさず、たくましく育つのだ。

さらに気候があずかっている。魚沼は長細い盆地であって、稲が実りを迎える八月はとくに昼夜の気温差が大きい。昼の温度が高いと光合成が盛んになり、夜の涼しさでエネルギーを蓄積する。実りが充実しているからこそ、とびきりうまいのだ。

もう一つあって、これはいうまでもないことだが、稲作農家の努力がある。恵まれた土地に安住せず、つねに技術を蓄積してきた。高度成長期には質より量がもてはやされたが、じっと我慢して量よりも質を追求。米のブランド化のなかで、一挙に南魚沼産コシヒカリが世におどり出た。

ふつう米づくりを目にするのは田植えが終わってからのことだが、実をいうとそれは稲作の後半部である。それまでに厳しく長い作業がある。山にまだ雪がのこるころの苗づくりから始まって、苗代《なえしろ》づくり、田おこし、田かき。苗床を平らにするので「代《しろ》かき」ともいうが、このころ八海山に雪形が出る。田植えが終わってからも「補植」といって、機械の入らないところは昔ながらに手で植える。とめどなく生えてくる雑草。追肥やり、稲穂が実りだすと天敵のカメムシがやってくる……。

何ごともそうだが、知れば知るほどわからないことが出てきて、ナゾが深まっていくものだ。

あるとき、南魚沼盆地の東部、五十沢《いかざわ》地区を歩いていて、石の小屋根をいただく祠《ほこら》に何のホトケともつかぬ二体がまつられているのに気がついた。前に石柱があって「南朝志士里見治郎」と刻まれていた。

どうして南朝ゆかりの人が魚沼の奥まったところにまつられているのか。悲運の歴史に流された人がいたのだろうか。真相はわからないが、石に刻まれた文字がナゾを投げかけて、秋の日が西に傾き、正面の金城山が、よく実った稲穂のような黄金色に染まっていた。

＊

もう一つ、魚沼のおやつのこと。

ＪＲ上越線塩沢駅から五分ばかり東に歩くと、本町商店街にくる。はじめての人は十字路に立って目を丸くするだろう。地方都市の商店街は、たいていがシャッター街で、ひとけがなく、昼でも薄暗いものだ。ところが塩沢町（現・南

魚沼市塩沢）の商店街は大ちがいだ。通りが広く、両側の歩道も広い。電柱がないので、空がひらけている。両側は伝統的な日本家屋で、黒い木組みと白壁が美しい。屋根にトンガリのあるのは、土地に独特の「風切り」とよばれる飾りである。ケバケバしい看板はいっさいなく、屋号と商売をしるした木札があるだけ。遊歩道のように歩道を往き来して、ウィンドウ・ショッピングができる。

通称「中通り」といって、入口にアオキ菓子店がある。菓子といっても、そんじょそこらにあるしろものではない。壁に垂れ幕がかかっていて、染めつけてある。

「越後名物　元祖　はっか糖」

はっかではピンとこない人でもメントール、あるいはミントならごそんじだろう。ハッカ属の植物「セイヨウハッカ」はペパーミントのこと。日本人は昔からミント類を上手に利用してきた。はっかの葉を蒸留して取り出したのが薄荷油《はっかゆ》であって、清涼芳香剤、また胃の調整や頭痛に用いられた。皮膚を刺激して、脚の疲れなどにも効く。薄荷油を固形にしたのが薄荷脳である。塩沢の老舗《しにせ》青木商店は現当主で十二代目だそうで、いかにも「元祖　はっか糖」を名乗るのに十分な資格をそなえている。はじめは薬用としてつくっていた。薬製造には、当時は内務省の認可をとらなくてはならなかった。店の奥におごそかな免許証が額入りで掲げてある。

薄荷脳　薄荷油
新潟縣平民　青木重平治
製造免許
明治二十年六月　内務大臣　伯爵　山縣有朋

明治政府が医制を制定したにつき、それまで勝手につくっていたのが許可制になった。「平民」とあるのは出身によって「士族」「平民」の区別をしていたころの名ごりである。当主重平治は「北越寒製　薄荷園」の商品名で売り出したようで、わきに「万病に効く」といった意味の漢字だけのキャッチフレーズがついている。昔の人は何ごとにもスケールが大きかったのだろう。「万病」とうたうところが豪儀である。

年配の女性は、青木商店十一代目のお連れ合い。その方が、瓶入りの薄荷油を嗅がせてくださった。ミントは嗅ぐと俗に「スーッとする」と言うが、たしかにスーッとして頭が軽くなった気がした。ミント系のタバコの効用でもある。そういえば幼いころ、はっかの葉を竹の筒に詰め、「はっかパイプ」と称して口にくわえていたものである。

どうして当地に、はっか糖元祖が生まれたのか？　塩沢町は三国街道の宿場町で、南隣の宿《しゅく》が湯沢。江戸へ向かうなら、つづいて谷川連峰の三国峠を越えなくてはならない。江戸から越後をめざしてきた旅人は、はるばると山越えをしてきた。疲れた脚には気つけ薬が必要であって、峠越えに薄荷油は何よりの必需品だった。

現代のはっか糖は直径一センチ、長さ九センチほどの棒状をしていて、雪のように白い。砂糖、水、水あめ、これにはっかを加えて煮つめる。口にひろがる清涼感は、はっか独特のものだ。いただいたものを口にして、サクッとした歯ごたえをたのしみながら、戸口のガラスごしに前の通りをながめていた。

「いい町並みになりましたね」

「ええ、やっとまあ、ここまで参りました」

たしか「まちなみ空間創出整備支援事業」といった。県と地元の事業で、歴史のある町のたたずまいを取りもどそうというのだ。風格ある格子戸や白壁、木組みの町家だったものが、戦後の経済成長のさなかにトタンやアルミサッシの新建材で安っぽいお化粧をした。外観を旧来の伝統的なスタイルにもどして、内部は現代風につくり変える。あわせて通りもひろげ、両側にゆったりした歩道をとって、雪国のシンボルだった雁木《がんぎ》をいまの暮らしに合ったかたちで復活させた。

旅の途中に新しい町づくりのことを聞きつけ、そのあと二度ばかり塩沢を訪れたので、経過を少し知っている。商店のおかみさんが中心になって、県の支援事業を推しすすめた。家並みの統一には異議や反対がつきものだが、画一的な規制ではなく、いくつかのモデル建築から選択できる自由があった。ハデハデ看板は許さず、職種標示には規制をかけて町の美観をそこなわない。電柱をなくして地下へ移すには予算の点で県が渋ったようだが、ねばり強く交渉して実現した。

事業をすすめる上で、男はえてして妥協しがちだが、女性は簡単には折れないものだ。男の理屈よりも、自分たちの夢を大切にする。事業が進行中に「平成の大合併」で、塩沢は北の六日町、大和町とともに南魚沼市になった。組織替えで新しく問題がもち上がったと思うが、女性陣のガンバリではねのけて、ほれぼれするような商店街が誕生した。江戸時代半ばにユニークな雪国のドキュメント『北越雪譜《ほくえつせっぷ》』を著した鈴木牧之《ぼくし》にちなみ、中通りは新しく「牧之通り」と命名された。ミントのようにスーッとする話ではないか。

おやつとしての食べ物、難しく「嗜好品」などと分類される菓子類の点でいうと、日本はいたって不思議な国で、いたるところに郷土色豊かな品がそろっている。あまりどっさりあって、べつに不思議とも思わないが、これは世界でもおよそ稀なことではあるまいか。山一つ、川一つこえると、まるきりちがう食べ物がある。山や川といった仕切りがなく地つづきであって、同じものが双方でできそうでも、一方の名産になっていると他方はそれをつくらない。名産にはまた物語がつきもので、食べ物以上に由来の物語が珍重されたりする。

塩沢が宿場町だったのに対して、北隣の六日町は魚野川の水運で栄え、市《いち》の立つ商人町だった。名物が「お六饅頭」。戦国の武将直江兼続《なおえかねつぐ》の幼名を与六といって、当地の豪族に仕えていた。若き日の兼続には城主の姫との恋物語があり、それをうたったバラード「お六甚句」にちなむので、お六饅頭の名がついた。見たところはふつうの温泉饅頭だが、餡《あん》に特徴があって、「皮むき餡」といい、小豆《あずき》の皮をとって濾したもの。通常のこし餡よりもなめらかで喉ごしがいい。キャッチフレーズが「もちもちした食感」。

戦国の武将の幼名にあずかるだけでなく、与六の六と六日町の六がかさねてある。さらに城主の姫がからんで、キャッチフレーズの「もちもち」がよく効いている。商売上手の商人的発想というものだろう。私が訪れたときはＮＨＫ大河ドラマが直江兼続をとりあげるということで、始まる前から町一円に宣伝のノボリが立ち並び、饅頭本家に車の列ができていた。

由緒では塩沢のはっか糖と肩を並べて古いのが、旧大和町浦佐の「しんこ餅」である。しんこは米の粉（上新粉）のことで、よくこねた粉を棒状にして蒸し、冷やして生地にしたのを、のばして餡をつつみこむ。はっか糖と同じく雪のように白い。

浦佐の名刹《めいさつ》普光寺は、一般には「毘沙門《びしゃもん》さま」で知られている。年にいちどの大祭が裸押合《おしあい》大祭で、豊作を祈って春三月、裸一つの男たちが水ごりをとったあと、「サンヨー、サンヨー」の掛け声をかけながらもみ合い、押し合いをして、幸運のお餅を取り合う。

しんこ餅はもともと祭礼の日のためにつくられた。一日きりの食べ物で、江戸から明治にかけては、とびきりの季節限定商品だった。おいしいものはいつだって食べたいのが人情であって、製法に工夫がされ、通年販売の名物になった。

しんこ餅が祭礼のつきものになったのは「裸押合」とかかわってのことかもしれない。まっ白な大ローソクのともるなか、裸の男たちがいっせいにもみ合いをするとき、堂内に熱気と湯気が立ちこめる。しんこ餅の生地のこねぐあいは押合の作法とそっくりであって、白い上新粉を蒸すと、あたりに熱気と湯気が立ちこめる。堂内では押合のさなかに水がまかれるが、しんこ餅も途中に「冷やし」のプロセスがあって、こねたのを冷水で冷やすと生地が引きしまるのだ。

はじめに述べたとおり、南は谷川連峰、東は巻機山《まきはたやま》から八海山につづく山並み、西に魚沼丘陵が走り、楕円形の盆地のまん中を魚野川が流れている。現代のコシヒカリをはじめとして良質の米がとれる。巨大な山並みからの豊かな水に恵まれている。鈴木牧之は何度となく、「わが魚沼郡」を引き合いに出してお国自慢をしているが、たしかに自慢したくなるだろう。車で走ると三十分とかからない小さな世界だが、いまだに宿場町、商人町、宗教町が色こく性格をとどめている。独特の食材とひとしく、おやつもまた偶然の産物ではなく、土地ごとに歴史と性格と風習を、あざやかに示している。

越後・蒲原のハタハタ

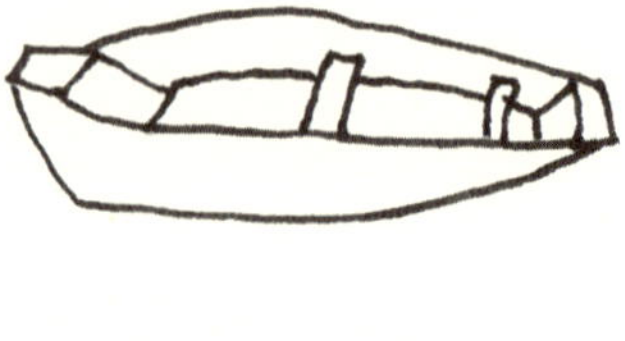

ＪＲ磐越西線《ばんえつさいせん》五泉《ごせん》駅下車——といっても、どこだかわかるまい。新潟市の南、越後平野の南端に近いところ。地図では五泉市から下に目を移すと、小さく「村松」とある。現在は五泉市村松町だが、合併する前は新潟県中蒲原《なかかんばら》郡村松町といった。江戸時代の古地図だと、村松藩三万石。レッキとしたお城下で、五泉ごときはめじゃなかった。

タクシーはまっすぐな道を走っていく。定規をあてたような直線で、直線の原理にもとづき、先端が一つの点に見える。すぐわきにこれまたまっすぐな草地がのびている。線路の跡であって、蒲原鉄道村松線といった。通称、蒲鉄《かんてつ》。かつては蒲原郡一帯に蒲鉄が活躍していた。

「あれが電車です」

運転手がややスピードをゆるめてくれた。草地の一画が広場になっていて、濃いチョコレートに黄色の線の入った車輛が展示してある。「どこに着けますか」村松駅は残っているが、いまはバス専用なので、さしあたり旧町役場にした。手元の「四季の彩りにときめく町　むらまつ観光MAP」の標示では、「村松町乙一三〇番地」とある。地酒の広告の「金鵄盃《きんしはい》」醸造元は「村松町甲一八三六番地」。旅館の住所は「村松町甲学校前一番地」。甲乙というのは遠い昔の通信簿の記号と思っていたが、土地区分にも使われる。酒と宿が甲で、役所は乙とは、うれしいではないか。乙の下に丙《へい》・丁《てい》とあるわけだが、これは土地にはやはり使いにくいだろう。

商店街を抜けていく。旧城下町におなじみだが、通りが直角に折れていて、車はそのつどスピードを落とし、一瞬とまったぐあいになる。二度、三度となると、方向がわからなくなる。鉤形が城下の防衛システムとおそわったが、なるほど、突入してきた相手方をカクランする効果がある。

「エート、ここは――」

タクシーを降りて、ボンヤリ突っ立っていた。商店街からさらに一つ折れこんだところで、あたりは閑散としており、広場の向こうにコンクリートの建物があって、すぐわきに「大手門跡」の標識。町の中心部にちがいないが、ひとけがないので、どちらに向かえばいいのかわからない。左手に「さくらんど会館」というモダンな建物が見えたので、とりあえずそれをめざした。車が一台、また一台とやってくる。若い人が送ってきて、降り立つのは、きまって老いた二人づれ。正面入口に「金婚式々場」の立て看があって、金婚の二字の上に、まっ赤な「祝」の一字がのせてある。

通りすぎかけたが、思い直した。わが身もけっこうなトシであって、もしかするといずれは「祝」の一字をいただくことになるやもしれぬ。そのときの参考用に、金婚式々典をのぞいておくのも悪くない。

受付があって、町の職員が書類袋を渡している。フロアに三々五々、老夫婦が待機なさっており、モーニングに着物という正装組もあれば、色シャツにカーディガンという軽装組もいる。いで立ちはまちまちだが、すわった姿勢に共通点があって、男は股をひろげ、両手を両膝にのせて背をのばしたかたち。「矍鑠《かくしゃく》」という漢字を人体であらわすと、こんなぐあいといった感じだ。女性陣は膝をそろえるか、ほんの少しひらきぎみで、足をゆるやかな八の字にそろえ、こころもち踵《かかと》を上げたぐあい。

顔見知り同士が小声で挨拶をかわす以外、全員が押し黙っている。正装組の男性の喉にタンがひっかかったようで、盛大な咳払いをなさった。お連れ合いには日常のことであれば、そしらぬ顔。色シャツとカーディガンはご夫婦とばかり思っていたが、たまたま隣り合わせたまでで、双方の連れ合いは向かい合わせの人だった。金婚クラスに白髪、禿頭は当然だが、なぜか眼鏡をかけた人はひとりもいない。眼鏡の人に長命は少ないのだろうか。

受付の書類袋のようすだと、まだまだおいでになる。将来の参考用というだけで、ジロジロながめるのはいかがなものか。フロアにとどろく咳払いを合図に、そっと会場から忍び出た。

城跡公園で、またもや金婚式と出くわした。

「金婚記念樹　平成16年該当39組」

若木がすくすく育っている。標識の古い木は、幹まわりがすでにたくましい。

もの静かな旧城下町には永生きの人が多いのかもしれない。高台の公園は眺望がいい。半円を描くぐあいに越後の山々がとりまいている。五頭《ごず》連峰、宝珠山、菅《すが》名《な》岳、白山、宝蔵山。どれも千メートル前後であって、「屏風のように」というのがぴったりに居並んでいる。

玩具のような電車を降りると
村松町。まっ先に出迎える顔は
白山、菅名岳、五頭山、川内連峰

横長の大理石に詩が刻んである。長崎浩という郷土詩人の「歳時記風土」。

ひとびとは深い雁木《がんぎ》と障子で
絶え間ない湿度を防いできたが
心情はいつか湿潤の気におかされ
生活意識に錆色の靄《もや》がかかる。

碑の裏面の年譜によると、一九〇八年生まれ。村松中学校（旧制）第十一回卒業。二十八歳のとき台湾移住とあって、いちど「錆色の靄」の町を出て、南方へ行った。

　ここは遥かな遠い少年の日
　私が密《ひそ》かな反骨を燃やした町だ。

北国の詩人は痛烈な言葉をあてている。「土下座の掌の跡のしるされた／城下町の土の上」。大人たちはひたすら権力に従順で、若者にはそれが苛立たしい。

御徒士《おかち》町、長柄町、寺町。旧城下町によくある町名である。上町、仲町、下町。雪国風景につきものだった雁木が、おしゃれなアーケードに改装され、「ふるさとロード」と命名されている。ところどころに頑丈なベンチが置かれていて、休憩するのにちょうどいい。

「ここは幕末期の仲町です」

観光協会の説明板があって、町名の由来に古写真が添えてある。おかげで甲乙標示の仕組みがわかった。鉤型の大通りをはさみ、従来の町家エリアが甲、西寄りの武家屋敷のあったところが乙となった。明治維新で大きく世の中が変化し、もはや武士の時代ではないというので、乙とされたのかもしれない。

明治二十九年（一八九六）、軍令により歩兵第三十連隊が設置され、町家エリアの東が軍隊駐屯地ときまった。甲をはさみ、乙と丙が左右にひろがるはずだったが、さすがに天皇の軍隊の所在地を丙とするのはおそれ多いので、愛宕原の地名になったのではあるまいか。

この夜、宿でハタハタをいただいた。漢字だと魚偏に雷と書く。日本海側の北国で、秋の終わり、天気が崩れて雷が鳴り、海が荒れるような時節に、この魚は産卵のため近海に到来する。ハタハタというと即座に秋田の「しょっつる鍋」となるが、新潟港にも陸揚げされる。シーズンになると、スーパーで手に入る。鍋でなくてもよくて、酒と醬油だけで煮たのが、またいいのだ。白身がさっぱりしていて、産卵前のころは脂がのっている。身がくずれやすいので、尻尾でつまみ上げて丸かじりする。お行儀は悪いが、一番合理的な食べ方なのだ。

あわせて「ハタハタずし」も膳に出た。よくねれた米と麴《こうじ》。舌で味わったあと、お酒をゴクリ、にんじんがはさんであって、これでまたゴクリ。そのあとハタハタに醤油をひと垂らしして、またゴクリ。一個がちがう味わいで三盃いける。

鱩の字のほかに、魚偏に神と書く場合もあって、うろこの模様が富士山に似ていて、おめでたいところからのあて字らしい。ハタハタが正式名称だが、地方によってはカミナリウオともシマアジともいうようである。

ハタハタの卵をブリコというのは、以前、本場秋田の呑み屋でおそわった。秋田藩主佐竹氏は、もともと常陸《ひたち》（茨城）の出身で、料理にブリがつきものだった。秋田に移封されてブリはあきらめ、かわりにハタハタの卵を正月料理の定番にした。ブリのつもりの魚の子なのでブリコ。

生のままが熱カンの酒に絶妙である。もとより味噌汁に入れてもいいし、粕汁にもいい。ピンポン玉ほどの玉子が鍋に入れば、人にとられないよう見張っておく。歯にはさむとプチプチつぶれてこたえられない。ハタハタの煮汁は一晩置くと、煮こごりになるそうで、これがまた朝のおたのしみ。

ついでにいうとあくる朝、うっすら初雪に染まった庭先をながめながら、待っていると、なんとなんと、煮こごりにうどんときた。ご主人のお好みというが、アツアツのうどんを皿に盛って、これに煮こごりをスプーンですくってのっける。溶けていく煮こごりもろとも、うどんをすするわけだが、熱いうどんと冷たい煮こごりがいいぐあいに合わさって喉元に消えていく。ひたすら音高くすすっていた。気が遠くなるほどうまかった。

金沢のドジョウのかば焼き

金沢の野町筋は車がひきもきらないが、辻を一つ入ると、急に車の音が消えて、ウソのように静かである。お目あての寺の山門が見えてきた。わきに石があって、いわずと知れた芭蕉の句碑だろう。

塚も動け我泣声《わがなくこえ》は秋の風

少しばかり大げさと思うが、それだけ思いが深かったと思われる。姓は小杉、名は新七といい、代々茶屋を営んでいたので、人よんで茶屋新七、俳号は一笑。金沢の人で、いつのころからか俳諧をたしなみ、なかなかスジがいい。芭蕉によると、「此道《このみち》にすける名のほの〴〵聞《きこ》えて」会うのをことのほかたのしみにしていた。ところがはるばるとやってきたところ、去年の冬に身まかったという。出会いのシーンを考えていたのに、いまはただ塚があるだけ。あまりのちがいに、つい「塚も動け」となったのかもしれない。

かたわらの木は菩提樹らしい。うっすらと花の香がただよっている。かすかにハチの羽音がした。ボンヤリ塚をながめていると、鈴を振るような細い声をかけられた。小柄な老婦人で、木に隠れて気づかなかったが、塚の前に佇んでいたのを見られていたらしい。住職の御母堂のよし。

「一笑さんのお墓もございますよ」

お堂の左手にあるのがそれで、裏の墓地にあったのが移された。ながらく知られていなかったが、郷土史家の殿田良作氏が発見した。

「見つかったときは、それはそれはうれしそうな顔をなさいましてね」

よほど印象深かったのだろう。四十数年以前のことを、昨日のことのように二度おっしゃった。一笑の母親が寺に供養料を納めたときの包紙もある。ふすまを修理に出したところ、下張りに使われていたのが見つかった。いかなる因縁か、破れ目から「御明《みあかし》　茶屋新七母」と、きれいな手による墨跡がのぞいていた。

「不思議なことがあるものですね」

山門わきの鐘楼については、おかしな話があるとか。釣り鐘は戦時中に供出を命じられた。鉄類を溶かし大砲にする。ところが鐘には、ある宮さまの銘が入っていた。軍部もさすがに怖《お》じけたようだ。鐘は大目に見て、かわりに雨樋《あまどい》の供出を言ってきた。

「宮さまを溶かすわけにも参りませんからね」

品のいい笑いがもれた。加賀弁は歌うようで、やわらかい。古い町が何代もかけてねりあげた文化言語にちがいない。

芭蕉さんのあとを、芭蕉流に旅すると称して、宿はもっぱらビジネスホテルだった。つまりはかつての木賃宿である。まだ新幹線が金沢までのびていないころで、駅前は閑散としていた。昔ながらの商人宿もあった。大手チェーンが乗りこむ前のこと、いかにも地元資本の家族的なホテルで、おばあさんが玄関で孫のお守りをしていた。

食事は近くの定食屋で、ビールに形どおりのセットもの。ホテルにもどると、玄関に目玉焼きのような丸い、だいだい色の明かりがともっていた。シャワーをあびてから、さて本日のメインイベント、市場から仕入れてきた当地のとっておきを取り出した。酒はリュックに入れてきたコニャックの小罎。

近江町《おうみちょう》市場といって、加賀百万石を支えてきた尾張町のおとなりにある。いびつな三角の地形に特色のある店がひしめいている。いずれも小なりとはいえ誇り高い老舗《しにせ》であって、駅地下のデパートや観光会館などめじゃないのだ。金沢市民の胃袋だが、近年は観光バスのコースに入っており、ツアー客が入れかわり立ちかわりやってくる。

そんな客の素通りする片隅。

「これは?」

「フグの粕漬。薄く切ってしゃぶるとうまいよ」

「これは?」

「このわた」

一般に「珍味」などといわれ、酒好きは目を細める。「加賀からすみ」、「フグのぬか漬け」「ゴリの佃煮」。ゴリという川魚は、金沢市内を東西に貫く犀川と浅野川でとれる。グロテスクなご面相の魚で、あめ煮、揚げもの、ゴリ汁となって、ゴリ料理の専門店もある。まっ黒な佃煮はごはんにもいいし、酒のお伴にもなる。

もう一つが、ドジョウのかば焼。これもまっ黒だが、細い串に刺されている。吉田健一は『私の食物誌』に「石川県の鰌《どぜう》の蒲焼き」として紹介している。食べたのは特定の町だが、「うまかった」と書いたところ、そのような「下等なもの」を食べさせたとあっては町の名折れだと怒られた。それで金沢にちがいないが、「石川県」などと曖昧にしたらしい。

下等かどうかはともかく、戦後は名物になったもので、一串いくらで駅弁にもなっていた。脂のぐあいが鰻ほどではないので、しつこさがとれ、カラッとしている。十串買ってきたが、気がつくと串だけがイカダ状に十本並んでいた。

ころは秋のはじめ。その年の夏、北陸は雨ずくめで梅雨明けがなかった。そのお返しのように秋の訪れとともに晴天がつづいていた。西にすすんで、この日は小松市の多太《たた》神社。木曾義仲が納めた「斎藤実盛の兜」がつたわっている。いかなる人物か知らないが、兜は有名で、芭蕉がくわしく描写している。「……目庇《まびさし》より吹返しまで、菊から草のほりもの金《こがね》をちりばめ……」

兜の下に虫が這いこんでいたようだ。さっそく歴史をふまえて句に仕立てたのが、有名な「むざんやな甲《かぶと》の下のきり〲す」。

本殿の鴨居に、ところ狭しと奉納額が並んでいる。「初老記念　宝物殿ショーケース」。当地では数えで四十二歳を男の「初老」といい、厄払いに寄捨をする。ズラリと名前が五十音順に列挙してあって、ためしに数えてみると計三十八人。それで安手のショーケース一つとはセコイね、などとよけいなことを考えた。

「あんた、なにしてんねや」

突然、背後から声をかけられてビクッとした。宮司姿で、鶴のように痩せた人が目を光らせている。勝手に本殿奥まで入ってきたこちらが悪い。モゴモゴといいわけすると、了解のしるしにこっくりうなずいた。

「あんた、知っとるケ」

どうやら「あんた」は敬語らしい。おしまいの「ケ」は疑問助詞。老人なりに丁寧な訊《き》き方なのだ。言われて気がついたが、初老組寄贈のショーケースに白馬と黒馬の絵馬が納まっている。白馬は晴天祈願、黒馬は雨乞い用。元禄十一年（一六九八）の奉納の文字が見えるそうだ。芭蕉が訪れたより九年後であって、もし芭蕉が立ち会っていたら、名句が生まれていたかもしれない。

老宮司に齢をあててみろといわれたので、あらためてお姿をしげしげと拝観した。すでに地上の尺度をこえられた風情なので、逆におたずねすると、「わしゃ、今年で九十一か九十二」とのこと。すでにご当人にも正確な数は定《さだ》かではないようである。源平の昔にさかのぼる古社を、折目正しく守ってこられたことは、境内にみなぎる凜とした雰囲気からもわかるのだ。参道をすすみ、ほどよいところで振り向くと、両足をそろえてスックと立っておられる。老鶴が天高く飛び立つぐあいだった。

山中温泉、ついで那谷寺《なたでら》。稀代の旅人は足まめである。山中温泉で詠んだ句のうち、『おくのほそ道』に採らなかった一つ。

「湯の名残《なごり》今宵は肌の寒からむ」

珍しく少々イロッぽい。このとき芭蕉に弟子入りした少年がいた。「あるじとする物は、久米之助とていまだ小童也」。数えで十四だった。いただいた俳号が桃妖《とうよう》。後世にいろいろ、おひれをつけてつたわったエピソードである。それにしても「妖」の字がただごとではない。

小松市は小松空港があるせいで、ＪＲ駅前にビジネスホテルがどっさりある。

五十三次の宿場に数多くの旅籠《はたご》があったのと同じである。昨夜のメインイベントの名残、フグの粕漬でコニャックの残りにとりかかった。シコシコしたフグの身に粕の味がしみこんで、いかにもオトナの味である。「くるみ煮」といって甘露煮にしたくるみがあったので、それももらってきたが正解だった。やや渋味のフグの粕漬と、淡い甘味のくるみとが、交互に舌を刺激して、コニャックのお相伴をする。小壜を逆さに振ったところ、酩酊度もちょうど満パイ、フラつきながらベッドにころげこんで、たあいなく寝てしまった。

平成の大合併で加賀市、白山市が誕生してわかりにくいが、JR駅は松任《まっとう》、大聖《だいしょうじ》寺ときて、芭蕉コースと照合できる。

「大聖持の城外、全昌寺といふ寺にとまる」

正式には曹洞宗熊谷《ゆや》山全昌寺。真宗王国北陸にあって曹洞の寺を維持するのは大変だろう。

「山ぎわに貧乏寺が集まっているのですよ」

住職の奥さんが笑いながらおっしゃった。きれいに境内が掃ききよめてあって、清々しい。伊勢に去る前夜、曾良が泊り、翌日、芭蕉が泊った。杉風《さんぷう》という弟子が刻んだ芭蕉の木像がある。手にのるほど小さい。坐禅を組んだ姿勢で、両手を膝にのせている。磨きこまれたせいか、ブロンズの光沢をおびている。

「お厨子《ずし》より外のほうが似合います」

旅の人にふさわしく、なるたけ厨子から出しているそうで、曾良が残していった句「終宵《よもすがら》秋風きくや裏の山」。裏山に面した部屋をあてがわれたとみえる。芭蕉も「吾も秋風を聞て衆寮《しゅりょう》に臥《ふせ》ば」と書いている。

裏手にまわると、斜面を埋めて小さな薄紅の花が咲いていた。野生のベコニア、正式名はシュウカイドウといって、群生するのは珍しい。薄紅の花にまじり白い花がアクセントをつけている。山風が吹き下りてくると、あざやかな緑の葉とナマめかしい小花がいっせいに揺れる。しめし合わせてクスクス笑いをしているようにも見える。風がやむと、またもとのしみるような静けさ。

本堂にもどってきた。縁側につくねんと芭蕉さんがすわっている。やや顎をつき出し、両手を結んで、句を案じているようでもあれば、旅路のスケジュールを考えているようでもある。出発前の「草鞋《わらじ》」ながら「書捨《かきす》」てたのが「庭掃《はい》て出《いで》ばや寺に散《ちる》柳」。

あいかわらず、あたりはしんと静まり返っている。

大阪目食帳

大阪・なんば駅北口。大阪に来るとたいてい北口に近いホテルに泊る。自分で勝手に定宿と称している。戎橋《えびすばし》をはさみ、一方は法善寺横丁、他方は宗右衛門町、かたわらを道頓堀《どうとんぼり》川が流れている。俗にいうミナミ。大阪きっての賑やかなところであって、ブラつくのにちょうどいい。
「無頼派」などといわれた織田作之助の代表作『夫婦善哉《めおとぜんざい》』は、法善寺境内のぜんざい屋にちなんでいる。モデルになった店はいまも健在で、店の名前が「夫婦

善哉」。小説では主人公の蝶子と柳吉がおなじみの痴話《ちわ》げんかのあと、ここでぜんざいを食べて仲なおりするのがしめくくり。

終わりだけでなく始まりも食べ物であって、まずは「一銭天婦羅《てんぷら》」だった。ごぼうやイモ、レンコン、イワシの揚げものが、どれも一つ一銭。安手の食べ物だが、揚げたてをフーフーしながら食べるとけっこううまい。

ひきつづきいろいろ大阪の食べ物と食べ物屋が出てくる。そもそも柳吉が芸者蝶子を、「うまいもん」を食べにつれだしたのが色恋の発端だった。柳吉自身、夜店の二銭のドテ焼が大好きで、「ドテ焼さん」のアダ名でよばれる男である。安くてうまいものをよく知っていた。高津の湯豆腐、戎橋そごう横のドジョウ汁とコロ汁、道頓堀相合橋東詰のまむし、日本橋のタコ、法善寺境内の関東煮、千日前の寿司屋の鉄火巻、その向かいのかやく飯と粕汁《かす》……。

多少とも大阪になじんでこないと、ドテ焼といわれてもわからない。豚の皮身を味噌で煮る。鉄板の上でドテ（土堤）をつくるように煮つめるのでドテ焼。コロは「オバケ」と共に鯨肉をいうときの言葉で、鯨の皮のこと。煮込みのようにグツグツ煮立てたスープがうまい。まむしはウナギ。関東煮はカントウニではなくてカントダキと読んで、おでんである。

以上は小説の出だしのあたり。さらにまた食べ物、食べ物屋のオンパレードだ。戎橋「おぐらや」の山椒昆布《さんしょこんぶ》、同じく戎橋丸万のすき焼、楽天地横自由軒の玉子入りライスカレー、竹林寺門前の餅屋、二ツ井戸市場の屋台のかやく飯とオコゼの赤出し……「夫婦善哉」はわが国に珍しい食べ物小説であって、大阪の地図をひらいて店と食べ物を書きこんでいくと、安くてうまい大阪食べ物地誌ができる。現物はおおかたが時代の流れのなかで消え失せたが、地誌をたどると、舌ではなく目で食べているぐあいだ。昔の人はそんなたのしみを「目食《もくしき》」と言ったらしいが、目で味わって食べたつもり。腹にもたれないし、財布もいたまない。

道頓堀界隈はまさに打ってつけである。どの店にもド派手な看板やセールスコピーがつき、せわしなくネオンサインがまたたいている。巨大なフグがぶら下がっていて、バカでかいカニがハサミを動かし、「エべっさん」が打出の小槌をもって宝船にのっているかと思うと、おとなりの壁一面にニューアイドルがほほえんでいる。ドギツい原色の大盤ぶるまいは、何よりも大阪的感性のあらわれにちがいない。

現代はこのとおりのハデハデずくめで、今日の人気商品が明日にはあとかたもなかったりするが、ひところまで古くからの定番の食べ物があった。私自身、関西の生まれ育ちなので、みやげ物や季節の見舞いに届けられた商品名を、不思議な暗号のように記憶している。たとえば粟《あわ》おこしとくると、「あみだ池大黒屋」である。子供のときは、あみだを「なみだ」と聞きとって、なみだ池大黒屋と憶えていた。ナダマンの栗ようかん。「灘萬」と書くのは、ずっとあとで知ったこと。せんべいはねぼけ屋である。「寝保気屋煎餅」は大阪の老舗《しにせ》として知られていた。ほかにも「つるや八幡の干菓《ほしか》」、「宮崎の塩コンブ」。とらやのようかんは知らなくても「南海堂の粟おこし」なら、すぐさま包み紙の色模様まで目に浮かんでくる。

いっぽうキタの天神橋筋商店街は日本一長いというだけあって、行けども行けども店がつづく。昔からつたえる「天満切子」や「布袋福梅」、銘菓「雀の玉子」「方満の昆布」「楽豆屋の炒り豆」など、目食にぴったりだが、キタはどうしても官庁街に近く、なぜか旅先のやすらぎに乏しい。

その点、ミナミはわが性に合っているらしいのだ。少し足をのばすと、大阪市西成区山王である。レッキとした行政区名だが、誰もそんな名ではよばない。旧来からの飛田《とびた》であり、飛田新地、あるいは飛田のくるわである。表向きはあくまでも飲食街であって、店ごとに「飛田新地料理組合会員之証」が掲げてある。板壁に「お運びさん入用」「運び雑役婦人　婦人募集、二十才以上は固定給支給、委細は面談の上」といった貼り紙。

だが、ここの眼目は、あきらかに料理ではないだろう。店のつくりも料理店とはちがう。日が落ちると戸口に紅い灯がともり、入念にお化粧をした女性が婉然《えんぜん》とすわっている。白エプロンのおばさんが手招きしてよびかけてくる。

歌舞伎で舞台が吉原となると、白い明かりに、桜と屋号のある玄関が浮かび出るが、飛田の夜の明るさも、それをつたえている。いちど同好の士に誘われ、かつての大店《おおだな》が純料理店にくら替えしたところで夕食をとったことがある。ことのついでに興味深く見てまわったが、屋内であれ、部屋ごとに重厚な小屋根がつき、軒や柱のいたるところに彫り物がほどこしてあった。鶴や宝船、日の出、打出の小槌など、おめでたいのが旧経営者の好みだったようだ。壁一面を彫り尽くしたところなど、日本のバロック芸術というものだった。

夕食のあと、同好の士と別れ、ひとりで明るい店先をながめていると、わきに佇んでいた人が話してくれた。戸口で婉然と笑いかけている女性は「飾り窓の女」であって、「ほんまもんはえろうちがいます」。どういう点でちがうのかと問い返すと、右手を胸の上にのばし、やおら腰のあたりまで下げて「がた落ちです」と言った。こまかい説明はいっさい省かれていたが、戸口の「目食」が一番のおすすめであることはよくわかった。

べつのときだが、お昼前に訪れたことがある。夜の商域であれば、町も店もまだ眠っていた。四辻にひとけなく、どこかわびしげである。棟つづきのなかの大店は古びているが、かつて棟梁が腕によりをかけたのだろう、屋根のつくりが雄大で、ソリぐあいがみごとである。大半が和式のなかで、洋風の建物を一つ、二つと見かけた。昭和初年のモダン建築にあたるもので、軒まわりにアール・ヌーボーとよばれた花や唐草模様の彫刻がほどこしてある。優雅な丸窓にステンドグラスがはめこんであった。どのような工房作か知らないが、パウル・クレーの絵のような抽象的な意匠つき。美術家なら小おどりしてアトリエを夢みるだろう。もしあいていれば文化資料館などに打ってつけというものだった。

料理店街をよぎるとふつうの商店街で、土間のある菓子屋の台に粟おこしがピラミッド状に積んである。なぜかおこしはピラミッドの形に積み上げるのがきまりのようで、包み所の模様がつらなって奇妙な絵図をつくっている。カメラを向けてシャッターを切ったとたん、背後で自転車が急停止した。たしか夜の部では、界隈に特有のおニイさんがいると聞いていた。ハッとして、こわごわ振り返ると、ハンチングにねんねこ、下はトレパン、足はセッタというじいさんが自転車にまたがったまま、じっとこちらを見ている。

「古いお店ですね」

古さにひかれてカメラを向けた旨の弁明をこめたつもりだった。じいさんは神妙な顔でうなずいた。

「古おまっせ」

「死んだおばん」が子供のときからあったと言ってたから、よほど古い店であろう。

「いい写真、とったりや」

ベルを一つ「チリン」と鳴らして、ゆるゆると自転車をこいでいった。

ひところまでミナミには、商都大阪でより抜きの料理屋が花街をつくっていた。「大和屋」は、なかでもこの店ありといわれた大茶屋だった。そこの料理は食材、料理の手間はもとより、膳組み、什器、盛りつけ、あらゆるところにいきとどいた演出がこらしてあった。目でたのしむ点では、わが目食スタイルと同じだが、つづいて舌で味わう点で大きくちがった。料理の世界の別格で、応じて勘定も別格であり、そもそも市民が身銭を切って参るところではない。しかるべき政・官・財界人が、しかるべき用向きを兼ねて会合をなさるところ。

大和屋が店を閉じたのち、女将の聞き書きが本になった（神崎宣武『大和屋物語——大阪ミナミの花街民俗史』岩波書店）。そこに季節の風味をつたえる献立が「抄」として紹介されている。

ためしに春の献立の一部。

ご飯（一）—竹の子姿ずし

備前焼の平鉢に、竹の子の節を取り除いた部分にすし飯を詰め、竹の皮で包み、竹林の土のなかから顔を出した竹の子のように盛りつける。

炊合せ—新若竹土佐煮

魯山人《ろさんじん》作の浅鉢に、生のまま直炊きした新若竹を盛る。

焼もの—油目揚げ霙《みぞれ》焼

魯山人作の平鉢に、揚げた油目（鮎魚女《あいなめ》）を盛り、大根おろしに味醂・淡口醤油、それに春らしくちぎり木の芽を散らす。

夏の献立の前菜につづく先付け。
先付け─餅鯨《くじら》
コロ（鯨の炒皮《いりかわ》）を甘辛く炊いてよく冷やしたものを車海老・花丸胡瓜と共に染付けの片口に盛り、黄身酢をかける。

誰もが「おや」と思うだろう。どうして大茶屋のメニューに鯨がまぎれこんだのか？

つまりがシャレをこめた息抜きである。極上ずくめでは舌も胃袋も疲れるので、「庶民のオカズ」にとびきりの手を加えて、先付けの一品にバケさせた。

ただし、このオバケをたのしむには、主客に教養と高度のシャレっけがなくてはならない。大和屋の女将は名門料亭が店を閉じた原因を二つあげた。一つは大阪の会社の大半が、本社を東京に移してしまったこと。そして、もう一つ。

「あえていわしてもらうと、お客さんの器量ですね」

つつしみ深く、それで口を閉じているが、むろん、よくわかる。政官財の客筋が「庶民のオカズ」クラスに下落したということである。

播州のそうめん丼

めん類、とりわけそうめんとくると一家言がある。寒いころはにゅうめん、暑い季節は冷やしそうめん。手軽で、主食にも間食にもなり、食べたあと喉元がすっきりして、腹にもたれない。なんともうれしい食べ物である。

そうめんとくると播州《ばんしゅう》そうめんだ。兵庫県南西部、生産地の中心が龍野《たつの》なので龍野そうめんともいう。手で引き延《の》ばすので「手延《ての》べそうめん」ともいうし、銘柄はたつの市中を流れる揖保川《いぼがわ》にちなむ「揖保乃糸」、これ一つだけ。

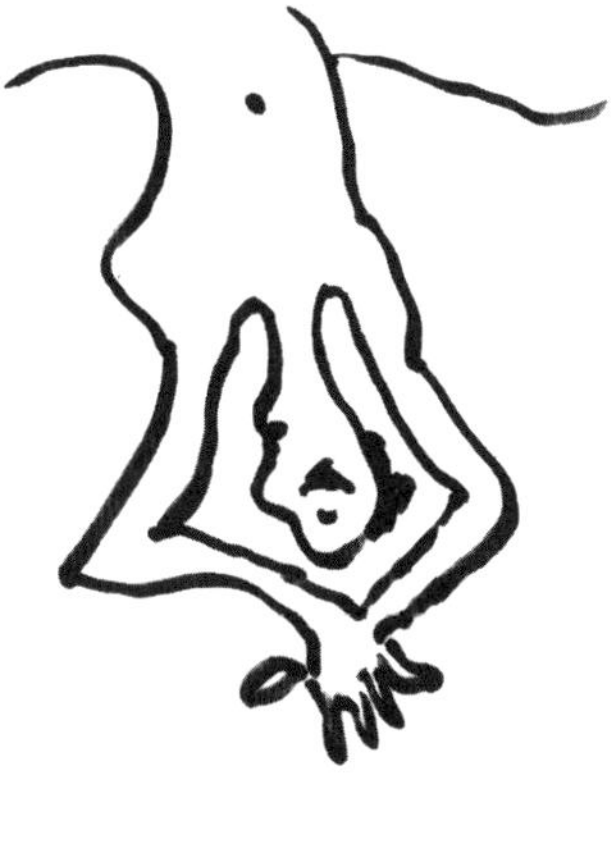

ずいぶん昔からつくられていたようで、龍野の隣町が名城で知られる姫路だが、戦国時代に豊臣秀吉が姫路城を攻略した際、御当地産「煮麺」が祝宴に供されたと記録にあって、龍野産とされている。まだ羽柴を名乗っていた先発隊長のころで、大仕事のあと、煮え立つにゅうめんを大ぶりの器に盛り、むさぼるように食べたらしいのだ。

播州のあちこちでつくられている。にもかかわらず銘柄が一つなのはどうしてか？　龍野にある兵庫県手延素麺協同組合が一手に製品管理して、合格したものを出荷するからだ。古くからの方式で、知恵のある人があみ出したのだろう。箱詰めにはきっと組合名と並び、生産責任者である「仕上工」の氏名が明記されている。

瀬戸内海の東寄り、小豆島と淡路島にはさまれた海域を播磨灘《はりまなだ》というが、そのまん中あたりの海岸に揖保川の河口がある。川をさかのぼると聖徳太子ゆかりの太子町《たいしちょう》、さらに上流部に現在はひらがな標記の「たつの市」がある。江戸のころは脇坂氏五万三千石。古い城下町は鉄道を嫌ったので、「本竜野」という駅はあるが、町の中心とはなれており、姫路からバスが通っている。

その不便さが幸いしたのだろう。高度成長のころの発展と無縁だった。おかげで旧来の町並みがそっくり残り、いまや宣伝しなくても観光客がやってくる。フーテンの寅さんの舞台にもなった。「発展」した町はどれも、どこにでもある雑多な産業都市になってしまったが、ここではS字型にうねった川の上のふくらみのなかに、落ち着いた家並みがひろがっている。

あえて発展に走らなかったのは、地場産業をしっかりやしなってきたせいもあるだろう。龍野はそうめんのほかに醤油の町としても知られている。龍野醤油協同組合の大工場が、麹《こうじ》づくり、仕込み、醗酵、調熱から圧搾までの工程を一手にやって、「生揚《きあ》げ」とよばれる醤油のもとにする。そののち、各メーカーに配分する。各社が独自の味つけをして、「まるほ」「ヤマイ」「ブンセン」「ヒガシマル」といった銘柄で市場に送る。そうめんとは最後の工程だけがちがうわけだ。これも昔からのシステムで、こと地場産業に関するかぎり、古い城下町は並外れて新しい生産管理方式を確立していた。

城跡が城址公園になっていて、殿さまの茶室と書院が残されている。商品化できるようなそうめんや醤油がもともとつくられていたのではなく、奈良の三輪そうめんのような名産地を探索して高度な技術を盗みとり、それを土地に根づかせた。すべて藩主のお声がかりだったというから、脇坂氏はバカ殿さまではなかった。

たようだ。家老クラスに聡明な人がいて、巧みに藩主を動かしたのかもしれない。

そんな知恵は町づくりにも発揮されたようで、町家の並ぶ細い路地を抜けると、ちょっとした広場があり、そこにはきっと用水が走っている。夏は子供たちが網でジャコ（雑魚）とりをしていたりする。水のなかの素足がガラスを通したように見えるのは、それだけ水が澄んでいるからだ。土地の豊かな水に目をとめて、まずは酒づくり。ついでそうめんや醤油の産業化に取り組んだ。町には醤油蔵と酒蔵が入りまじっている。ともに白壁に黒い焼き板のつくりだが、匂いで即座に区別がつく。醤油蔵一帯には、もろみに特有のコンブを煮しめたような匂いがただよっている。

現在はどうなのだろう。私の知るかぎり、手延べそうめんは天日干しが原則だった。適度の長さに切った麺を竿に垂らす。瀬戸内の天候に恵まれ、播州一帯は晴天が多い。日の出とともに協同組合の広大な干し場には、無数の白い麺の林が出現した。

まだナマ乾きであって、垂れているうちに干しかたまる。ちょうど水がポトり、ポトリと垂れるときのように、筋を引いたのが先っぽで水滴状にふくらみ、そのまま固くなる。不格好だから、ふくらみの根元で切っていく。クズではあるが、そうめん職人にいわせると「うま（うまみ）は端《はし》に集まる」ものだ。龍野ではそれを「バチ」とよんで、袋に詰め、営業マンがお得意先に配ってまわる。みそ汁などに入れて煮立てると、三角状にした麺の切れはしが汁をすって、やわらかな舌のようになり、抜群にうまい。

どうしてバチなのか？　「はし」が訛ったともいうし、裾広がりの形が三味線のバチ、あるいは神主が手にもつ撥《ばち》（笏《しゃく》）に似ているところから名づけられたともいう。小さいかけらだが大切な部分であって、三味線奏きにバチが、そして神主に撥が欠かせないのと同じである。

そうめんの町にも「そうめん屋」というのはなくて、うどん屋でそうめんを食べる。町角のうどん屋はカーテンで調理場と仕切られているだけなので、注文を受けたあとの段取りがよくわかる。そうめんをおいしく食べるには、ゆで方にコツがあって、ひとことでいうと、そうめんを「踊らせる」。

ふっとうしたお湯にそうめんの把《たば》をさばきながら入れる点は同じだが、ふき上がる手前でコップに用意した水を差す。とたんに泡立ちが消えるが、つぎの瞬間にまたもやグンとふき上がる。水を差す、消える、ふき上がる――これを三度ばかり。

このとき、そうめんが踊るのだ。身をくねらせ、回転しながら上に下にと身もだえする。それを見届けてから弱火にして、しばらくゆがく。白かったそうめんが半ば透き通っている。灼熱の熱水で身の煩悩《ぼんのう》を浄化したぐあいである。

ザルにあけて水で洗うのは通常どおりだが、この際にもちょっとしたコツがあって、二度ばかりザルにもどして、もみながら水で洗う。播州そうめんは手延べ作業のとき、ほんの少し、食用の綿《わた》の実《み》油《あぶら》を使うので、もみ洗いをする。以上が名品「揖保乃糸」のおいしい食べ方である。

だしは好みもあるが、鰹風味がおすすめだろう。ひと煮立ちさせたなかに軽く一つかみの削り鰹を入れ、もう一度煮立てると、一段と味が深まる。

そうめんはどんなふうに食べてもサマになるものだ。それがそうめんの不思議なところで、器に盛って、薄焼き玉子の細切りなり、ゆがいた三つ葉を添えるだけで立派な料理の一品になる。ゆず一切れを浮かせると、そうめんの白と対比して、息を呑むほど色どりが美しい。

龍野のうどん屋には、棚にガラスの容器が並んでいた。ギザギザの刻み目と、紫の模様が入っている。揃いが無雑作にかさねてあって、安手の日常品だろうが、それがそうめんにあてられると、にわかに高級品になる。冷やしそうめんの場合、ひらべったいガラスの鉢で、そこに氷水と色どりの三つ葉、海老、それにチェリーがあしらってある。そうめんにかこつけて繊細な色どりを食べているようなものなのだ。安くて、いとも風雅な食べ物である。

あるとき、味噌仕立てのそうめんをいただいた。味噌汁に野菜をたっぷり入れ、そこへゆでたそうめんを入れて煮立てる。コシのある手延べそうめんの持ち味に味噌汁がほどよくしみて、気が遠くなるほどうまかった。

あまりうまそうに食べていたせいだろう、白いエプロンのおばさんが打ち明けてくれた。もともと家庭料理にしていたもので、店に出していなかった。

「おとうさんが出せ出せいうもんやから――」

このおとうさんは夫のこと。主人が食べてうまいものは、お客さまにもうまいはず。家庭で食べていたときは、冷や飯にのせたりした。

「そうめん丼ですねんや」

せっかくだから食べてみたいというと、奥から丼鉢にごはんを盛り、味噌汁仕立てを再度煮立て、ぶっかけにしたのを盆にのせてきた。冷や飯に熱い汁がしみて、なんともうまい。舌鼓を打ちながらパクついた。あとで考えると、あれはまさに、ご婦人方が「犬飯」などといって毛嫌いするしろものではなかろうか。

瀬戸内の魚料理

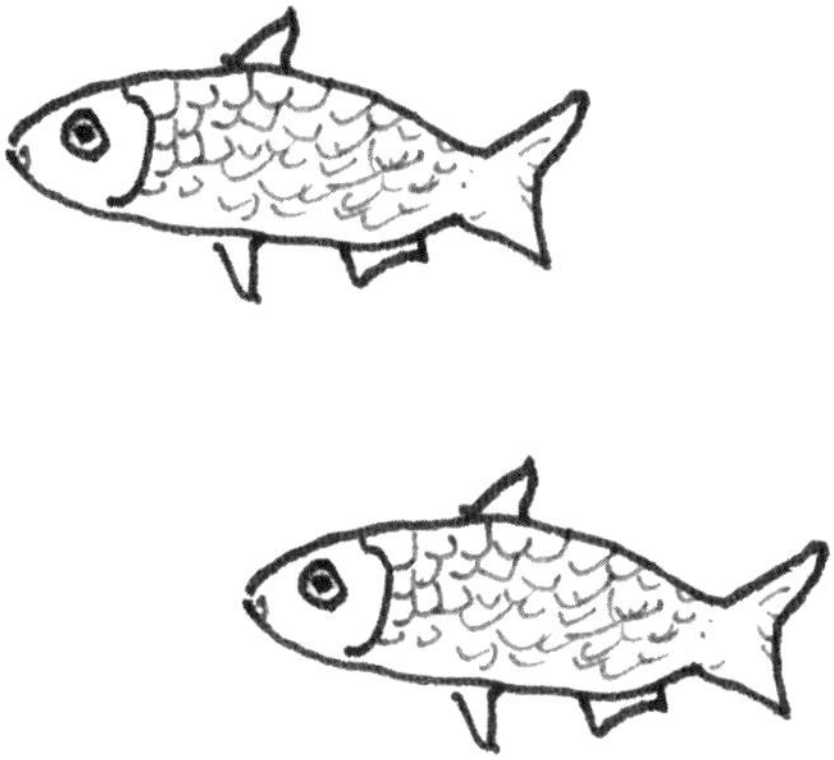

目や耳とくらべて舌は保守的である。新しい珍奇なものと対面すると、目や耳はよろこんで反応するが、舌は勘ぐって警戒する。おずおずと舐めてみて、それなりに安心がいってからも警戒を解かない。はじめてのキノコと同じで、安全だと言われても舌は不安がり、まるきり味覚がはたらかない。

当然である。目や耳とちがい、舌は胃袋に直結している。ヘンなものを送りこむと生死にかかわるのだ。新参者は舌という関所で慎重に吟味する。

反対に幼いころに親しんだ味覚には、いたって寛容である。やさしく出迎えて、フリーパスで通過させる。胃袋もこころえていて、いとしげに迎え入れ、久しぶりのわが子を抱くようにしてつつみこむ。

「エー、アジにサバー、カレイにシジミー！」

瀬戸内に面した城下町には、毎朝、魚屋がまわってきた。重荷《じゅうか》用といったが、荷台の大きな自転車に木箱を積み上げている。ロープではなく、ゴムタイヤが十字に積み荷をとめていた。戦争で夫を亡くしたという若い母親で、まっ黒な顔、クリクリした目、元気のいい声。わが家も当主が早死して、女世帯だった。母は必ずこの女魚屋を待っていて買った。夫のいない暮らしの苦労をよく知っていた。

「アジがいいヨ」

「マアジ？」

「いや、ムロアジ。小アジもいい」

早朝に魚市場で仕入れたてが、かち氷のあいだではねていた。小アジはジンタゴともいって、黄金《こがね》揚げにするとよい。背《せ》開《びら》きにして、頭と尾を残し内臓は取り除く。木箱の上にまな板をのせ、すぐに料理してくれた。ピカピカの包丁がめまぐるしく動いて、みるまに魚の姿が変わっていく。

アジの叩きはおなじみだが、三枚におろして、残りの骨もつけてくれた。陰干しにしてから、きつね色に揚げると「骨せんべい」といって、カルシウムたっぷり。だから子供に食べさせる。

アイナメ、アカハタ、アナゴ、イサキ、イワシ、オコゼ、カサゴ、カマス、カレイ、カンパチ、キス……。並べた箱のわきにしゃがんで、大人たちのやりとりを聞いていた。だからいまもイロハがるたのように魚名を言える。叩き、塩焼き、照り焼き、味噌煮。料理法も聞き覚えた。

「サシミで食おか、焼いて食おか、もったいないから煮て食おう」

幼い耳で覚えた魚の食べ方で、魚は鮮度が第一である。煮魚は古くなったときの最後の料理なのだ。私は瀬戸内でも、ぐっと東寄りの播磨灘《はりまなだ》の生まれ育ちだが、瀬戸内海中央部の海辺の町、柳井《やない》や今治《いまばり》出身の人から、言い方はややちがうが、同じ意味の言いまわしを聞いた。

「おや、ハモ」

「夏だね」

アナゴとよく似ているがべつの魚で、ヘビのように長い。瀬戸内の東寄りの特産とされ、上物《じょうもの》は大阪の料理屋へ直行する。脂肪分が多いわりに淡泊で、上品な味の白身である。湯引きしたサシミのほかに酢の物とあえた涼しげな料理のせいで夏の食べ物とされたのだろう。料亭や料理屋で出ると、目の玉がとび出るほどの値がついたのだろうが、元値はごく安く、わが家では日常的に食べていた。それにしても、あの恐ろしげな魚がコマ切れになると、どうしてこんなにおいしいのか？

「ワタを抜いて、コケラを落とす」

魚料理に独特の言い方がある。

「カタミを横にオロして、小口《こぐち》からミジン切り」

ワタ、コケラ、コグチ。オロす、ミジン切り。意味不明ながら、包丁さばきを見ていると、いかにも感覚的にぴったりのような気がしてくる。

魚名もまたそうだ。魚類学の定めたところとはちがう。なじみやすい名称でよばれているものだ。現場の人の執筆になる『現代おさかな事典』によると、土地ごとにちがっていて、イサキは駿河湾ではサンコチ、あるいはコシタメ、それが北陸ではタテバチなどとよばれる。土佐ではスミヒキ、鹿児島ではイッサキ、若狭ではウタウタイである。黒と黄を合わせたような色合いで、そこに白い縦じま

が走っている。水からあがるとき、いかにも体色がスミを引いたように見える
し、いっせいに口をパクパクするところは、まさしくウタウタイである。

陸上の生物とちがい、水中の生きものは身近に親しく接することができず、継続して生態の観察ができない。海の魚はとくにそうで、漁師にもよくわからない。だからほんのわずかな、わかりやすい特徴をとらえて、命名した。あるいは釣り上げるときの瞬間の感じを名前にしたのだろう。

イボダイは偏平で、みるからに風采があがらない。少し受け口で、体からたえず粘液を出す。そのせいでイボがあるわけではないのにイボダイの名がついたと思われる。

キンメダイは通称キンメである。値札に「金目」と書かれたりするが、たしかに大きな金色の目をしている。コブシの花が咲き出すと釣れ出し、桃の花が散るころに漁期が終わるといわれている。そんな季節に顔を出す金の目の魚は、漁師には海に咲く黄金花のように思えるのではあるまいか。

クロダイはたしかに黒い。姿はマダイとそっくりだが、黒々と精悍な色をしている。そんな体色から名づけられたにちがいないが、同時に魚の特性を含みこんでいるような気がする。磯近くに棲み、上あごと下あごに鋭い臼歯をもってい

る。巧みに小魚をおびき寄せ、ガッチリかみつく。利口というか、ずるいというか、腹黒いところからクロダイになったものか。

ブダイがどうして「ブダイ」などの名がついたのか不明だが、実物を見ると、なるほどぴったりの名前である。赤褐色のニブい色合いで、鈍重な感じをブの音でまとめ、ブダイとしたのかもしれない。オナラの音をふまえたのかもしれない。というのはハラワタがくさいのだ。岩礁にいて、海藻やフナムシを食べるせいだが、臭気がオナラを連想させ、それが「ブ」の音を引き寄せたとも考えられる。

瀬戸内海の各地が埋め立てられて、工業地帯が生まれる前は、遠浅の海が広大な砂泥地をもち、ところによっては岩礁がつづいていた。ハモやアナゴの絶好の漁場である。夏になると、アナゴの白焼きやかば焼きをよく食べた。当今は「穴子料理」などと称して高級な食べ物になっているが、かつては安い魚で、毎晩のように白焼きを食べさせられた。

魚をクシ刺しにして塩をまぶす際、いくつかの手順がある。クシにも竹グシと金グシがあり、打ち方が難しい。裏からクシを入れ、表には出さずに最後に裏身からクシを出す。料理人は「ウカリグシ」とか「オドリグシ」というようだ。魚がいい形にソリをもち、踊っているように見え、料理にハクがつく。何よりもイキがよさそうに見える。

塩のまぶし方にもマニュアルがあって、ふり塩をしたあと、最後にヒレと尻尾に塩をまぶしてつつみこむ。ヒレや尻尾は焦げやすいので、塩で保護して形を崩さぬようにするわけだ。それで「化粧塩」などともいうのだろう。せっかく形をととのえても、焼き方がマズイと味がだいなしになる。炭火が一番だが、当節はそうもいかない。ガスによるとき、「強火で遠火」がコツだといわれている。強火にして、はなしてのせる。焦げていないか心配で、ついひっくり返したくなるが、それがもっとも禁物とされている。

「おもてが四分でウラ六分」

いつのころに知ったのか。そんな言い方を憶えている。海辺の知恵というものだろう。焼き方の目分量だが、指先の知恵をアフォリズムの簡潔さでつたえている。

オコゼをはじめて食べた人は、よほど腹をすかせていたのだ。あるいは、よほど酔狂な人だったと思われる。オニオコゼ、ダルマオコゼ、イボオコゼ。名前が同時に御面相を要約しており、とても食べ物になるとは思えない。魚市場にきたときは、すでに棘《とげ》が切りとられているようだが、背中に二十数本の棘があって、これに刺されると一週間は頭が上がらない。釣り上げられたとき、精一杯に棘を立て、この世でもっとも醜悪ともいえそうなふくれっつらをしている。

ところが味覚というのは皮肉なもので、とりわけみっともないオコゼが、食べて一番うまいそうだ。

ジーンズとサワラ

岡山県は私の生まれた兵庫県の西隣だが、幼いときから、まるきりなじみがなかった。住人の目は東の神戸や大阪や京都に向いており、情報はつねに東からきて、西が話題になることはほとんどない。学校の行事で岡山へ行くとなると、未知の遠い他国へ出かけるような気がした。

ごくたまに岡山が口にされたのは、メロンやマスカットがお目見えしたときである。たいていはいただきもので、白桃のこともあった。なぜかアタマに備前が

ついて、「備前岡山」である。「備前岡山のメロン」「備前岡山のマスカット」「備前岡山の白桃」と、品質保証のしるしのように備前岡山がついた。実際、岡山産はとびきりうまいのだ。幼い頭に岡山イコール果実がすりこまれた。

高校生になって、新しくデニムが加わった。デニムを生地にしてジーンズをつくる。ジーンズがまだ珍しかったころであって、田舎の高校生は「リーバイス」とともに「イバラ」に憧れた。リーバイスは本場アメリカのジーンズの名門。イバラは岡山県井原市のことで、井原製デニムは世界最高の品質をうたわれ、わざわざアメリカの業者が買いにくる——

わが世代では、二十四歳で死んだ俳優ジェームス・ディーンと、ジョージ・チャキリス主演の映画「ウエスト・サイド物語」の影響が大きかった。ジェームス・ディーンはジャンパーにジーンズがよく似合った。ウェストサイドの貧しい若者たちには、ジーンズ以外のはきものなどなかっただろう。高校生は神戸へ出かけて、アメリカ軍放出品専門店を探しあて、なけなしの財布をはたいて夢のズボンを手に入れた。しかしながら、ディーンにもチャキリスにもなれなかった。なにしろ脚にはりついた硬いズボンであって、チャキリスのように跳んだりはねたりするなど、とんでもない。どんなにポーズをとってみても、色の褪せた汚らしい古着としか見えなかった。うかつにも粋にジーンズをはきこなすには、スラリとした長い脚が不可欠の条件であることを忘れていた。

その「デニムの町」は地図で見ると、岡山の西端、こちらは備前ではなく備《びっ》中国《ちゅうのくに》、瀬戸内海からへだたった山間にある。井原鉄道というのが走っているが、倉敷とも福山ともつながっていなくて、倉敷からだとJR伯備線、福山からだとJR福塩線に乗り継がなくてはならない。直線距離だと倉敷と福山の中間の笠岡がもっとも近くて、ここからバスを使えば約三十分だが、便数が少ない。どうしてこんな不便なところに、アメリカの名門と張り合うジーンズ・メーカーが誕生したのだろう？

とにかく少ない便数をメモして、お尻のポケットに押しこんだ。思えば二十年来愛用のジーンズで、洗いざらしがいいぐあいにこすれて、いうところの「ヒゲ」になった。知られるようにジーンズの場合、新品をわざわざ軽石でこすって中古感を生み出したり、シェービングして「ヒゲ」をつくる人もいるのだ。そんな特性一つからしても、これが衣服史のなかのとびきりの異端児であることがよくわかる。

電車で来たわけではないが、井原駅頭でバスを降りた。駅舎の壁に「デニムの聖地」とあって、ショールーム兼ショップに手織りの織り機やミシンが並べてある。「世界に発信する井原デニム」と勇ましい。ショップの女性におそわったのだが、当地は井原市となるまでは、中国山地の宿場町で七日市と言った。「七」の日に市《いち》が立つ。

「宿場町？」

問い直してやっとわかった。現在の鉄道が頭にあるからいけないのだ。中世以来の山陽道は海沿いではなく山間部にのびていた。弥次喜多のころの旅人も、参勤交代の大名行列も、山間の道を通っていた。現代でこそ井原は奥まったところだが、かつては表街道の賑わいをもつ町だった。

すっかり宅地化されているが、以前は市外に綿の畑がひろがっていた。気候温暖な山陽路では、綿とともに藍《あい》を栽培した。綿と藍があれば織物ができる。備中岡山産の袴は「厚手で丈夫」がキャッチフレーズだった。安くてモチがいいわけで、参勤交代の下級武士たちに人気があった。坂本龍馬がいつも身につけていた小倉の袴は、備中モノだったと言われている。幕末の志士たちのおおかたは下級武士で、肩肘張っていても懐中はさみしかった。龍馬らは幕藩体制のハミ出し者であって、そのはき古した藍色の袴は、当時のジーンズと言っていいのである。アメリカでリーバイ・ストラウスが硬い綿布を衣類に転用することを思い立ったのが十九世紀末ごろとすると、アメリカより先に日本産デニムが実用化されていたことになる。

工場はどこも小規模で、「ジーンズ・カジュアル・マニファクチャー」といった看板がなければ、電気製品や車などの下請けの部品工場と思うところだ。輸入綿の紡績から、糸染め、糸巻き、のりつけ、防縮加工いっさいがオートメ化され、黒い機械が整然と動いている。ジーンズそのものができるのはべつの工程で、井原は生地が主体であり、縫製スペースはごく小さい。

そっとのぞいたら、ミシンにＴＯＹＯＴＡとある。どうしてトヨタがミシンにと思うところだが、思うほうがおかしい。世界の自動車メーカーは、もともとは豊田自動織機製作所だった。トヨタの営業マンは、車ではなくミシンのセールスにとびまわっていた。

イバラ・ジーンズは企画から裁断、縫製を一貫して行う手づくりハンドメイドの草分けである。はじめて知ったが、ジーンズは前ズボンのポケット縫いが手

始めて、つづいて前の中心部、そのあと後ろに移り、ポケット、尻ぐり、内股、脇、ベルト、ベルトループ、リベット打ちと仕上げていく。衣服に金属を打ちこむなど、衣服業界の目をむくようなことが、ジーンズには欠かせない。

工場でいただいたパンフレットに「井原デニムの歴史」がまとめてあって、始まりのころに「GHQに販売」とある。GHQとは戦後日本の舵とりをした連合軍総司令部のこと。井原の業者は目ざとく、アメリカ兵の日常にはいているズボンが、自分たちの厚地藍染衣類とそっくりなのに気がついた。さっそく製品化して幹部クラスに販売をかけたところ、彼らは品質の高さに目をみはった。しかも値段はリーバイスの何分の一ときている。基地のショップで、飛ぶように売れた。

一般への生産・販売に乗り出したのは、昭和三十五年（一九六〇）とある。ジーンズの登場は何を告げていただろう？　管理社会がすすむなかの小さな反抗。わざと粗野ぶったおしゃれ。貧しい若者や庶民だけでなく、しだいにインテリやエリートたちが、休日になると好んでジーンズを身につけ出した。有名ブランドや仕立てがこったヴィンテージ・ジーンズともなると、高級ウールのズボンよりも高価なのだ。

ジーンズはまた新しいエロスの発見でもあった。「ウエスト・サイド物語」のデニムにつつまれた若い女性の肢体が、なんと新鮮なエロティシズムを発散していたことだろう。ジーンズ第一期生にあたる私はよく憶えているが、昭和四十年代はジーンズ中古品の大ブームがあって、藍色の色褪せズボンが一挙に普及した。恋人のジーンズのお尻におもわず見とれていたことを、昨日のことのように憶えている。

ついでながら井原デニム・ヒストリーによると、昭和四十五年（一九七〇）、「ジーンズ年間一万五千本、国内の七十五%の生産量」。このころがピークだったのだろう。同じ岡山県の倉敷市児島は井原に先立ち、いち早く縫製を専門化していた。ジーンズの普及と拡大につれ、児島が生産量で井原にとってかわった。

井原駅頭にもどってくると黒山の人だかり。内陸の町へ瀬戸内の魚が運ばれてきて市が立つ。氷づめの木箱がいせいよくセリにかけられ、娘やおかみさんがセリ落とし、オートバイや自転車につみかえる。そろいもそろってジーンズで、お尻がいかにもたくましい。

ビジネスホテルでシャワーをあびてから夕食に出た。先ほどの魚市の魚が居酒屋メニューにきちんと納まっている。

ご主人は奥で見えないが、若いおかみさんは見憶えがある。お顔よりもお尻が記憶にしみついている。たくましいだけではない。可愛い、カッコいい、ジーンズのお尻。おもわずメニューのあいまにチラチラ目をやった。

「はりはり大根……それからエート……」

気がちると選択がままならない。

「このわた、へー、珍しい」

べつに珍しくないが、気分をおちつかすために言ってみただけである。なまこのはらわたを塩辛にしたもの。

「うちではウズラ卵をそえます」

ナルホド、いい取り合わせである。ふだんは吸物はとばすのだが、憧れのイバラ訪問記念に「冷しとろろ」。ふつうの大和芋だが、当店では冷たく仕立てる。ご主人はなかなかのベンキョウ家とみえる。

「刺身は……」

つい視線がジーンズに流れる。「キスのコブ締め、それにシマアジ、いや、はりこんでタイか」

即座にサワラをすすめられた。岡山ではタイよりもサワラを賞味する。サワラの叩き。魚というと、まずサワラだそうだ。サワラの西京焼。いや、焼魚もいいが、叩きが最高。骨の強い魚であって、背中が青い。藍に似た澄んだ青色。

「エー、サワラ一枚ィー」

無骨なデニムには、硬骨魚がお似合いだ。

敦賀のカマボコ

福井県敦賀《つるが》市はながらくロシアとの貿易港として知られていた。笙《しょう》の川《がわ》をはさんで町は東西に分かれており、河口の東が古くからの港にあたる。現在は蛇が鎌首をもたげたように栈橋がのびて、新日本海フェリーが発着している。

西の海辺にひろがるのが有名な「気比《けひ》の松原」である。松原のしも手を中央町といって、市役所、消防署、県の合同庁舎などがある。終業後はなるたけ早く仕事の場と縁を切りたいふうで、人がいっせいに西から東に移動する。駅から歩い

て十分ばかりの本町がお目あてである。

先に軽くお腹に入れておきたいので、ノレンを出したばかりの鮨屋に寄った。入ったとたん、プーンと磯の香りにつつまれた。イカ、マグロ——ビールをお伴にしていただいた。とにかくイキがいい。とたんに呪文のような言葉を思い出した。イカはカソマール、イワシはイヴァシー。

「ロシア人は来ますか？」

たまに顔を見せるのがいるが、鮨は高いとコーチされているようで、めったに来ない。立ち寄っても、二つ三つ、つまんでいくだけ。せっせと廃品回収場に出入りして、まだ使える自転車に冷蔵庫や電機製品を船に積んでもち帰る。

「あちらさんも暮らしが大変みたいですね」

それでもスナックやバーには姿を見かけるそうだ。バー・ナターシャ、ナイトルーム・カーチャ……。主人は握りの手をやすめて指を折った。土地柄で、そんな名前の店があるらしい。ことのついでに散策どころを教えてもらった。お参りなら曙町の氣比神宮、ブラつくなら蓬萊町から相生町、古い倉庫が残っている。ひと風呂あびるなら敦賀トンネル温泉。ヘンな名前だが、北陸トンネルを掘っていたら源泉を掘り当てた。温泉センターがあって日帰り客ではやっている。

ホロ酔いかげんで夕ぐれの町を東へ向かった。川っぷちにボートがズラリと並んでいる。三島橋、中央橋、松原橋。右に折れると、昔は中心街だった相生町。もとは銀行だったのだろう、レリーフの円柱をもつ重厚な建物があって、現在は歴史民俗資料館になっている。正面玄関の左右にブドウの房飾りが四つ。ヨーロッパの建物によく見るもので、「豊饒」をあらわしている。

となり合った蓬莱町の海沿いに古い倉庫が残されていた。砦のように雄大で、アール・デコ調のシャレた壁面に点々と白い灯がついている。倉庫の大きさ、前の通りの広さが、かつての港町の賑わいを告げていた。

古い記録は異国人の訪れをつたえている。そもそも気比の松原は、天平の昔、異国の船が敦賀を襲うというので、守りの陣として一夜でできたという。だから別名が「一夜の松原」。渤海《ぼっかい》人が漂着した。宋の商人が集団でやってきた。平重盛は交易の荷物を運ぶために、敦賀と琵琶湖を結ぶ運河を計画した。江戸のころ、実際に工事にとりかかり、塩津まで水運をひらいたというから、いかに当地が物資の運搬の重要な拠点だったかがわかるのだ。

西行法師が来た。芭蕉もやってきて「国々の八景更に気比の月」と詠《よ》んだ。ロシア革命のあと、多くの亡命者がウラジオストック経由でやってきた。ナチス・

ドイツから逃れてきた建築家ブルーノ・タウトは敦賀港に入る船から、はじめて目にした日本の風景を「広重の木版画そっくり」と述べた。一つの湾を青い山々がとりかこんでいる。「村そのものの屋根も家も、山々を蔽《おお》うえもいわれぬ深緑の森を背景として、鈍くかがやく白色を帯びた青灰色であった。二基の小さな閃光灯台のある敦賀港！」

その一つは白、もう一つは紅色の光を放っていて、何もかもが新しく、この上もなく美しかったという。

しかし、私にとっての敦賀は芭蕉でもタウトでもない。学生のときに出くわした相田伝八《あいだでんぱち》の敦賀である。以前、小さな物語に詳しく述べたことがあるが、実在の人物である。鶴のように痩せて、背が高かった。細長い首に面長《おもなが》の顔、強度の近視メガネをかけていた。

入学式のあとクラス別に分かれて集まった際、めいめいが自己紹介をした。アイウエオ順ということで相田伝八が一番だった。ゆっくりと立ち上がり、長い髪をかきあげながら低い声で言った。

「わたくし、イワン・イワノヴィッチ・アイダと申します」

わけあって十年ばかり大学に入るのがおくれ、当年とって二十八歳。越前は敦賀の生まれで、家は海産物問屋を営んでいる。屋号をマル伝といって、代々名前に「伝」の字をつけるのがしきたりで、そのため自分も伝八などという当節はやらない名前を受けた。このとおりトシをくっているので、ワーニャ伯父さんの役まわりで若い諸君とまみえたいと思っている——

つづいて私が立って形どおりの挨拶をした。二十人ほどが、かわるがわる立ち上がって自己紹介する間、相田伝八はつまらなさそうに、前に置かれたせんべいをかじっていた。

彼はあまり授業に出てこなかった。たまにやってきてもノートをもたず、一番うしろの席で無精ひげを撫でていた。名簿の名前がとなり合っていたせいか、何かあると私のところへやってきた。あるとき陽だまりのベンチにすわっていると、珍しくノートや辞書をかかえて近づいてきた。

「ロシア語はおもしろいぞ」

腰を下ろすなりノートをひらいた。小学生がおさらいをしたような書体で、見慣れぬ横文字が書いてあった。「ケター、マクリューリ、トウニェーツ、クリュヴェートキ」

ロシア語の魚の名前で、サケ、サバ、マグロ、エビの意味だという。相田伝八は唇をとがらせ、気取った口調でつづけて言った。カニはクラーブィ、イカはカソマール、イワシはイヴァシー。いずれ海産物問屋を継ぐので、それでロシア語を勉強しているのかとたずねると、「うん、まあ」と曖昧にうなずいた。

そんなことがきっかけで二年ばかり、私は相田伝八と親しんだ。いちど下宿に招かれたことがある。民家の二階六畳間を借りていて、机と本箱がポツンとあった。隅にソ連大使館からもらってきたというソ連邦宣伝のグラフ雑誌が積んであった。珍しいものを見せるといって、本箱から古ぼけた本を取り出してきた。

『ウーソフ　露語読本初級篇』

大正時代のロシア語の教科書だという。表紙が土色にやけ、まわりが手ずれでケバ立っていた。表紙裏に「福井県立敦賀商業学校本科」とあって、名前が添えてあった。叔父の遺品だそうだ。相田伝八の叔父は日露貿易の商社勤務ののち、敦賀商業でロシア語を教えていた。毎年、生徒をつれてウラジオストックへ修学旅行にいった。

「ヤー・ラート・ヴィージエチ・ヴァース（はじめまして）」

相田伝八は音読をあてられた生徒のように声をあげた。「マヤー・ファミーリャ・アイダ（私の名前は相田です）」「カーク・ヴァーシァ・サヴート（あなたのお名前は）？」……。

　別れぎわに思い出したふうで押し入れをあけ、ミカン箱からつつんだものを取り出した。里から店のあまりものを送ってきたとかで、こんなものより、仕送りをふやしてくれるほうがいいんだがと言って、差し出した。

　もどってから包みをあけると、カマボコとコンブが出てきた。妙な取り合わせだが、たしかに海産物問屋の残りものかもしれない。食べ盛りの学生は、カマボコはまるまる一本をたいらげた。コンブを放置していたら、猫にかじられたので処分した。

　三年目の秋から相田伝八は学校に出てこなくなった。郷里に帰って店を継いだらしいという者がいた。北海道のサケ・マス船団にやとわれて、ロシア語の通訳をしているというのもいた。べつの仲間にいわせると、相田伝八のロシア語はハッタリで、とても通訳などできない。渋谷で見かけたという者がいた。若いロシア娘といっしょで、ターリャだといって紹介した。ともにロシア料理店で働いており、ターリャとは生のロシア語が話せると、相田伝八は得意そうに言ったそうだ。

敦賀の夜のしめくくりは、小さな、アンティークなスナックだった。女主人の手料理に、カマボコの小皿が添えてある。厚目に切ったのが三きれ。いぶかしげに見たせいで、説明してくれた。全国にカマボコの産地は多いが、敦賀産は別格だとか。何よりもよそとちがってまぜ物がない。ワサビ醤油もいいが、生《き》のままが一番、口に入れると魚の香りがする。

たしかにおいしい。コシがあって、ノドゴシ感が絶妙である。ほんのりと磯の匂いがした。洋酒のつまみにもなる。

コンブのこともたずねると、敦賀は藩政時代に北海道の松前と交易していて、良質の松前コンブが入ってきた。いまでも料理にコンブをよく使う。

「お菓子にまで使うんですよ」

モチ米粉とコンブの粉を蒸して、ねり合わせたコンブ餅であって、箱入りから一つ、つまみ出した。羽二重餅のようなやさしい食感の餅だった。

ふと思い出して、敦賀にマル伝という海産物問屋があるかどうかたずねると、女あるじは少し思案した。マルに久《きゅう》のマル久さんは知っているが、マル伝は知らない。大手商社が小会社をつくってバリバリ進出して、古くからの問屋はつぎつぎに店を閉じた。残っているのは、もうないと思うとのことだった。

伯耆の地産料理

友人のカメラマンが大山《だいせん》南麓の原野を撮りにいくという。しめしめと思って同行を願い出た。自分ではなかなか行けないところでも、手引きがあると、わりと簡単に行けるものだ。

こんな場合のいつものやり方だが、一日早く出かけて近くを探索する。このときは前日に米子へ飛び、翌日、伯備線で江尾《えび》駅に来た。すぐ前が江尾（美）城跡。急斜面に石垣を築いて、見晴らしがいい。目の下を日野川が流れている。中

国地方を尼子、毛利が争っていたころ、砦のようなものが築かれていたのだろう。再建された櫓《やぐら》が歴史民俗資料館になっている。あいにくと休館日で、人っこひとりいない。湿っぽい風が吹き上げてきて、まわりの古木がしきりに枝をふるわせていた。

川沿いの国道181号を、ひっきりなしに車が走っている。旧伯備街道であって、米子と備前岡山とを結んでいた。江尾駅のある江府町《こうふちょう》は宿場町として発展したのだろう。黒瓦の家並みが二本の細い帯になってつづいている。

ほぼ真北にあたるのが伯耆大山《ほうきだいせん》で、その前山がお目あての烏ヶ山《からすがせん》だ。雨気をはらんだ雲が垂れこめ、裾野だけがわずかにのぞいている。ゆるやかに反った幻の城の石垣のように見える。

中国山地で一番高いのが大山で、二番目が氷ノ山《ひょうのせん》、三番目がこの烏ヶ山、すぐ下手が蒜山《ひるぜん》である。いずれもヤマでもタケでもなくてセンでよぶ。江尾の東かたに下蚊屋《さがりかや》、内海峠《うつみだわ》など、読み方の難しい地名がちらばるのは、独特の地形によるのだろう。火柱を上げていたころの大山は複合火山地帯であり、地理学者は「古期大山火山地層」と名づけている。地層が老いていて、大山北壁はたえまなく崩れ、土石流を起こしている。烏ヶ山は火山の置き土産の円頂丘であって、すっきりした三角錐をしていて、俗に「山陰のマッターホルン」とよばれている。

約束の時間に江尾駅にもどってくると、カメラマンのワゴン車がとまっていた。運転席に友人が寝ている。窓ガラスを叩くと、三度目に目をあけた。夜っぴいて高速を飛ばしてきたそうだ。助手席に乗りこむと、男臭い匂いがした。

この夜は休暇村鏡《かがみ》ヶ成《なる》（現・休暇村奥大山）に宿をとっていた。烏ヶ山南麓の高原にあって、白亜の殿堂といった感じの大きな建物である。環境省傘下の財団法人休暇村協会は、以前はたしか「国民休暇村協会」といった。いつのころにか「国民」がとれて、休暇村の下に地名をつけるのが正式の呼称になったらしい。きっと天下りの理事のあいだから声が出たのだ。国民ウンヌンは国民を見下したふうでいかがなものか。もっとわかりやすいストレートな名称が願わしい。さっそく事務局で名称改正に関する稟議書《りんぎしょ》を回し、ながながと協議をかさねたのちに「国民」がとれたとみえる。当地は大山隠岐国立公園のまっ只中であって、そこに巨大な施設がつくれるのは、役所ならではのことにちがいない。

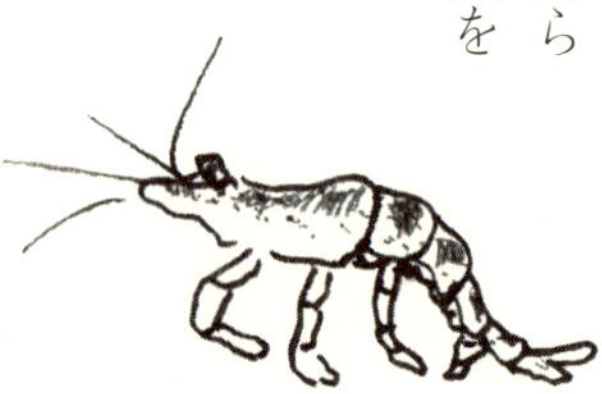

まあ、業者に法令の網をかいくぐって先をこされるよりはいいかもしれない。何度か休暇村を利用したことがあるが、ホテル様式で、料理に地産モノが使ってあって、値段も穏当、ひとり客をイヤがらないところもありがたい。何もないところにつくるので地元雇用になるのだろう。従業員がいきいきしていて親切である。それぞれに支配人がいて、数年で移っていく。友人のカメラマンは当地鏡ヶ成支配人と旧知の仲で、仕事熱心なアイデアマンだそうだ。赴任先でいつも客数を倍増させる。ピカ一の支配人だが、現場は出世できない。主なポストは環境省からの出向や天下りがおさえている。

その支配人に玄関で迎えられた。スラリと背が高くてハンサムである。話し方がはっきりしていて気持ちがいい。

ひと風呂あびてから、さてもうれしい夜の膳についた。時期はずれの晩秋の週日だが、ピカ一支配人のおかげか、テーブルの七割方は埋まっていた。大半が家族づれで、年寄り夫婦に娘と孫といったケースが多い。秋冬は山くじら（いのし し）鍋。湯気が立ちのぼり、総ガラスの窓に明かりが点々と映っている。外は冷えびえとした闇だが、食堂は天国のようになごやかだ。

「えーと、これは？」

いくつもの小皿に漬物が盛りつけてある。こちらでいうやたら漬け、別名がべったら漬け。塩漬けの水を切って糀《こうじ》をまぶし、再び漬けこんだもの。大根、にんじん、ごぼう、茄子など材料はありふれているが、漬けぐあいが絶妙で、酒の前菜にぴったりである。

「なるほど、オツなものですね」

ハンサム支配人がにこやかに説明してくれる。中国山地の村々はながらく自給自足が原則だったので、山菜、味噌、漬物が発達した。味噌も地豆に自家製の糀をまぶし、塩を振って、寒のうちに一年分を仕込んでおく。味噌汁は大事な栄養補給源であって、汁の実として塩出しした竹の子、平茸、豆腐や揚げを入れる。山芋をすりこんだり、やまめやいわなの塩焼きを放りこむこともある……。トロリとしたお汁が特製スープのようにうまい。これだけで十分に酒のサカナになるというものだ。

大皿に大根を添えて刺身が山盛り。境港《さかいみなと》直送ではなく、山地の川に泳がせているコイだそうだ。山村では古くからコイが大切なタンパク源であって、いまもあちこちにコイの本場がある。以前はどの家にも庭先に川水を引いてコイを放していた。錦ゴイはわずかに見かける程度で、大半が食用の黒ゴイである。生姜たっぷりの刺身醤油でいただいたが、身がしまっていて、くどくなく、淡味で、大盛りがまたたくまに喉に消えていった。糸づくりではなく、大きく削ぎ身にして冷水で洗うのが調理のコツだとか。

久しぶりに豆腐らしい豆腐を食べたというと、端正な支配人の顔が、先生にほめられた小学生のようになった。契約した農家に地豆をすってこしらえてもらっている。水は特上の大山水。数量にかぎりがあるにせよ、本来の豆腐の味はゆずれない――やっとわかったが、地産料理を地を這うようにしてたずねてまわった上でのアイデアマンなのだ。

この季節に大山登山はややきつい。烏ヶ山を地図で調べ、おおよそのコースタイムを頭に入れた。夜ふけの雨音に何度か目がさめた。夜明けの高原一帯は深いガスにつつまれていた。入念に身支度をして下りてくると、ヤサ男の支配人が待っていた。

「お伴をさせていただきます」

泊まり客に山のことを問われる。雨の日にも登る人がいて、ついてはいい機会だから体験しておきたいというのだ。仕事熱心はけっこうだが、ネクタイにヤッケ姿が奇抜である。軽シューズに遠足のときの小学生のような透明の簡易雨ガッパときている。

「山はかなり降っていますよ」

「大丈夫です」

にこやかにほほえんだ。宿泊施設の支配人という職種は、いつもにこやかを本分とするらしい。

登山口でカメラマンと別れて、すぐに杉林に入った。朝の七時すぎというのにライトをつけたいような暗さである。足元を見つめたまま、せっせと歩いた。道はしっかりしているが、地質のせいか石がゴロついていて、土がもろい。そこを重装備と、ネクタイに透明雨ガッパの珍妙な二人組がよろつきながら登っていく。

烏ヶ山は山頂がとび出し、左右の稜線が羽根をひろげたように見え、さらに山容が黒っぽいところからカラスになぞらえられたのだろう。そのカラスの翼のつけ根あたりで杉林が切れ、尾根に近づくと一面のブナ林になった。黒々とした山容はブナ林のせいである。ときおり巨木がまじっているが、おおかたは中程度の太さ。二、三十年前に皆伐されたようだ。斜面の向きに合わせ、枝がそろって一方に片寄っている。

霧が薄れたが、そのかわりに線を引くようにして大つぶの雨が落ちてきた。支配人の軽シューズはぬれそぼり、ズボンの裾の色が変わっている。とんだお伴をしょいこんだ。

「大丈夫ですか？」

「ハイ、大丈夫です」

唇は紫色だが、やはりにこやかに答えた。ネクタイがマフラーのかわりになるのか、それともネクタイをしていないと生きている気がしないのか。

紅葉のころならみごとだろうが、すでにブナもカエデも葉を落とし、わずかに赤茶けて縮《ちぢ》んだのが枝にしがみついている。ゴアテックスのヤッケでも、どこからともなく水がしみこんできて背筋が肌寒い。ましてや簡易雨ガッパではなおさらだろう。岩場があらわれたので思案を口にした。

「せっかくだから、もう少し行きましょう」

烏ケ山では、とりわけ岩場のことで質問が多いそうだ。どこまでもお客さま本位で胸が熱くなった。天下りの理事に聞かせたいものではないか。幸い雨足がこころなしか遠のいた。ロープがついているが、岩場に適当の凹凸があって足場になり、それに木の根がのびていて、格好の手がかりになる。尾根を登りきったところがカラスの肩にあたり、道標が立っていた。もう一つ登山道があって、ここで分岐している。山頂まで、あと十分ばかり。

雨足が弱まったかわり猛烈にガスが発生して、二メートル先が見えない。支配人の唇は紫色から土色に変わっている。山頂近くで尾根が細まり、垂直に近い一枚岩があるそうだ。テルモスのお茶を飲み、アメを舐めながらひと思案した。それから大声で退却を告げた。

「ハイ、下りましょう」

相手は思いのほか簡単に了承した。

「お客さまに下山をすすめる目安になりますネ」

話がきまると、心ははやくもあたたかいロビーと熱いお風呂に飛んでいた。二人してまわれ右をするなり、ころげるように来た道を下り始めた。

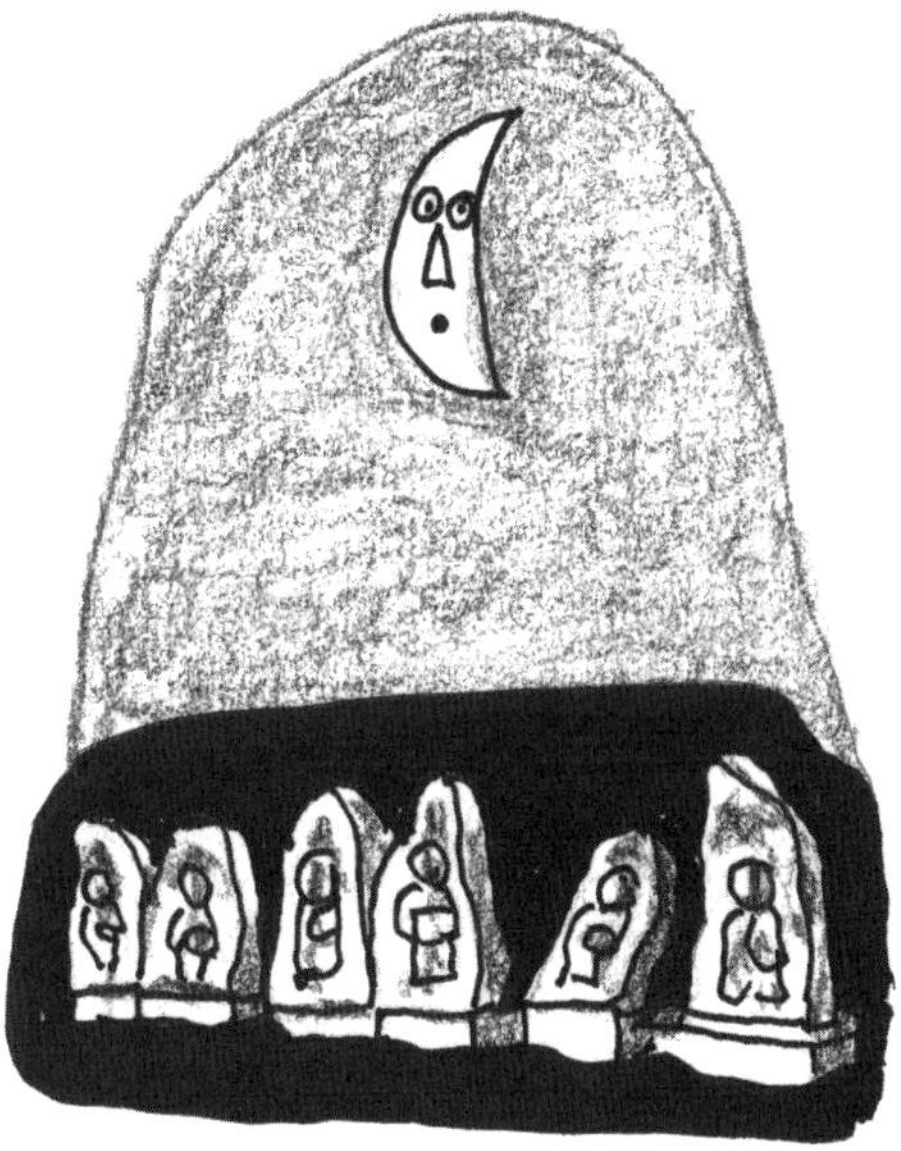

伊予のマントウ

父方の叔父が変わり者で、旅絵師を稼業にしていた。旅館の床の間などにぶら下がっている軸モノであって、枯山水にカラスが一羽といった絵柄である。

その筋では「芋《いも》山水」などと称されるしろものではあるまいか。当人はレッキとした画家のつもりでいたのだろうが、いつのころからか、しがない身すぎ世すぎになったのだろう。四国の松山にブローカーを兼ねた顧客がいて、季節ごとに四国路をひと巡りする。昭和初年のころが花の盛りで、国中にキナ臭い匂いがた

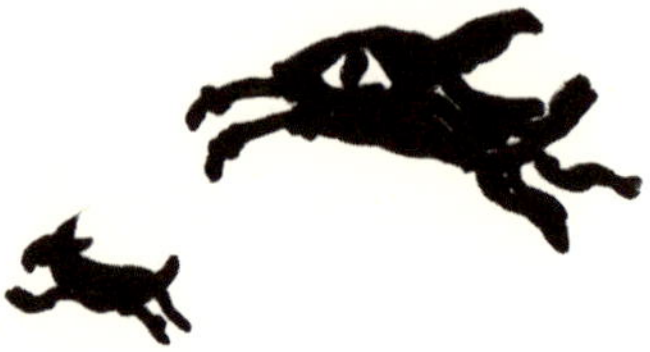

だよい出すと飾り絵師など用がなくなった。あずかりものの絵を売りとばして警察沙汰になったこともあるらしい。

画号を「澹山《たんざん》」といった。「しずかな山」という意味だろう。私は子供のころ、いちどだけ見かけたことがある。髪が白く、鶴のように痩せていて、のど仏がとび出していた。浴衣のようなものを着て、縁側にすわっていた。離れでしばらくブラブラしていて、ある日、いなくなった。お礼だといって掛け軸を置いていったが、母は他人さまのものではないかと気味悪がって、手をつけようとしなかった。昭和三十年代のはじめ、四国の丸亀で死んだと聞かされた。

ずっとのちのことだが、雑誌のエッセイ欄にその叔父のことを書いたところ、NHK松山放送局のディレクターという人から電話がきた。旅館をあたって「澹山」の銘入りの軸モノを探すと、けっこう見つかるかもしれない。そんな旅番組の企画を立ててみたいが、協力してもらえないか。

即座に断った。もうずいぶん古いことだし、それに澹山などは旅廻りの絵師におなじみの画号であって、ひとりわが叔父にかぎらない――そのときディレクターには言わなかったが、本当の断りの理由はべつにあった。もしかすると知らないですんでいたはずの事態が、心ならずも判明するかもしれないではないか。

そんなしがない身内ではなく、種田山頭火の遍歴をめぐる番組で四国を廻ったことがある。何人かの分担で、私は伊予路を受けもった。取材の余得で、道後温泉の立派な宿に一泊した。もしかしてわが澹山先生にも、たまにはこんな幸運があったのだろうか。

ふだんは安ホテルが定宿なので、格式の高い旅館は肩がこった。専用の小部屋に料理がつぎつぎと運ばれてくる。煮物は天然鯛炊《た》き合わせ、焼物は細巻海苔、油物は三色団子……。手書きのメニューの「油物」というのに首をひねっていたが、現物を見てやっとわかった。

「これは?」

ホタルイワシといって伊予の海辺の産。せっかくのごちそうながら、緊張していただくと、味覚がまるではたらいてくれないものである。

高級旅館から解放されて、やっとひとごこちがついた。生涯の大半を漂泊で過ごした山頭火も、最後は松山で世を去った。

朝湯こんこんあふるるまんなかのわたくし

道後温泉で作った有名な一句である。おなじみの共同湯は浴槽の中央に大きな御影石の塔のようなものがあって、そこから湯があふれている。澄んだ、やわらかな湯で、いかにも、「朝湯こんこん」である。どんな効き目があってのことか、しわしわのじいさんが湯の落ち口で、禿げあがった後頭部を打たせていた。

〈すめらきの　神のみことの　敷きいます　国のことごと……〉

伊予の湯の歌が万葉仮名で彫りこんである。むろん読めっこないので、あとでパンフレットでたしかめたまでである。

山頭火は死の一年前の昭和十四年（一九三九）十月、松山から知人宛のハガキに書いている。「やうやく十幾年ぶりで四国の土地をふむことができました。転一歩の心がまへで生きませう」

句はあまりできないが、遍路日記はきちんとつけるつもりだといって、このとき書きつけた一句。

秋山指してお城が見えます

同じ死の前年に出したべつのハガキがある。「いそぐやうな、いそがないやうな気分で歩いてゐます、これから阿波路に入りますが、何となく感傷的になつて困ります」

つづいて山頭火は旅費が切れたこと、行き先が思うにまかせないことを綴っている。漂泊といえば聞こえはいいが、実際は文なし旅であって、せびるような、たかるような手腕と神経の太さをそなえていないと、つづけられない。「松山へ出るまでお立替《たてかえ》願へませんでせうか、どうぞ〳〵よろしく」たかりの代償のようにして一句添えている。

庵主はお留守の木魚をたたく

そんな姿が旅絵師とかさなってくる。私が高校生のころだが、叔父が死んで三周忌だかに兄弟が集まったとき、かつての置き土産が持ち出されてきた。七人兄弟だったのを絵にしたらしく、禅画のような一筆描きで七つ顔が描いてあって、淡い色彩がのせてあった。よく見れば人の顔だが、七つのじゃがいもをころがしたようでもある。こんなことなら字だけのほうがましと叔父の一人が言って、一同がうなずいた。たしかに上に書かれた字は流麗で美しい。ただあまり達者すぎて誰にも読めない。

「名月や……」

とにかくそれだけ読みとって、あとは放棄した。悪い人間ではなかったが「しょうがない道楽者《もん》」というのが一致した意見だった。松山の人子規の句に「名月や伊予の松山一万戸」という句があるが、兄弟に見はなされた道楽者は、そんな名句を下敷きにして七人兄弟をからかってみたのかもしれない。


松山きっての繁華街を「大街道」といって、城を背に南へのびた大きなアーケード街である。途中の横丁に入る角に不思議な饅頭屋があった。不思議というのは看板のロゴに特色があって、昔なつかしい古風な書体で「労研饅頭」とあり、ロウケンマントウと赤字でルビが振ってあった。飾り書体は一九三〇年代に流行したアール・デコとよばれたスタイルで、それが巧みに漢字のデザインに応用してある。しばらく感心してながめていると、通りがかった年輩の人が足をとめ、「いいものでしょう」という意味のことを伊予弁で言った。

「食べましたか?」

松山名物だから、ぜひとも味見をしてほしい。昭和のはじめ、倉敷の労働科学研究所が貧しい夜学生用に考案した。中国の饅頭《マントウ》を日本人向けに工夫したという。

簡素な売り台のガラスケースに、色ちがいが並べてあった。せっかくだからうずら豆入り、よもぎのこしあん、黒大豆入りの三種をつつんでもらった。あん入りの白いのはつぶあん、茶色はこしあん、ココア色はいもあんと店の人におそわった。すぐに味見がしたくなって、こしあんをその場でいただいたが、パンとも餅ともつかぬ独特の食べ物だった。松山には貧しい夜学生を支援する「夜学校奨学会」というのがあって、そこが製造して、学校の売店で売ったのが、そもそもの始まりだそうだ。酵母を使った素朴な味は、いまも一貫して変わらない。「夜学生」という日本語に特有の意味があった時代である。つぶあんやこしあんやいもあんにふるえた青春があった。

大街道は南でいちど切れて国道がよぎっている。山頭火が使っていた古い地図には、角の木造三階建てに「亀屋」と書きこみがある。となりは陶器屋で「唐津屋」といった。『気まぐれ美術館』で知られた洲之内徹《すのうちとおる》の生まれた家である。このついでに訪ねてみたが、当然のことながら四つ角は大きくさま変わりして、角がジーンズショップ、向かいがケンタッキーフライドチキン、そのとなりは二十四時間営業の駐車場。もとより亀屋や唐津屋といった前近代の商店が、立ちいく道理はないのである。

その夜、ホテルの夜食にマントウの包みをあけた。あっさりしたうす味で、食べやすい。尾羽打ち枯らした絵師澹山がわが家にいたころ、母が手づくりの餅を出したら、うまいうまいといって十個も食べたそうだが、もしかすると叔父は、それなりに花のあった松山時代を思い出しながらパクついていたのかもしれない。あらためて手にとると黒大豆入りは、まっ白なマントウの上に黒大豆が一つのせてあって、若い女のふっくらした乳房にポチリと乳首がのったようである。せっかくだから、これは食べずに、自分と多少とも似たところのある道楽者へのお供えにした。

松江のジョテイ流

顔を合わせるなり、お女将《かみ》に言われた。

「さっき、しきりに岸から身をのり出して下をのぞいていたでしょう」

「どうしてわかりました？」

「ここからだと、ほら、バッチリ――」

店は松江大橋の北のたもとにあって、カウンターの前方いっぱいがガラスになっている。店ごと宍道湖ノド首にあたる大橋川にのり出したぐあいである。対岸がつい目と鼻の先。こちらはそれとも知らず、夕陽をあびながら向こう岸をうろついていた。

「ちょっとさがしものをね」

「何か落としたの？」

中年すぎの女性はひとなつっこい。

人よんで如泥石《じょてい》。宍道湖の岸の水のよせてくる浅い所に、石臼をさかさにしたような形の石が一列に並んでいる。水の食いこみから岸の土を守るための波止石で、雲州松江で聞こえた名人指物師小林如泥の考案による。石川淳の『諸國畸人傳』の中の「小林如泥」に、この石のことが語られている。

「……岸の上から見える部分は、ほんものの石臼の底のやうに、凹みが圓をなして縁をめぐつてゐる」

こういう石を汀《なぎさ》に沈めて水をふせぐ仕掛けは、今日の工学からみても理にかなっているそうだ。「松江の人は〈泥〉の字をデイとはにごらないそうですね」

「ジョテイさん、そういえばそうね」

幼名甚八。宍道湖のほとりの大工町に生まれた。そんな大工の倅が、寛政九年（一七九七）、ときの藩主松平治郷《はるさと》より如泥の号をたまわる。治郷とは世に知られた不味公《ふまい》である。

　大工町の家は仕事場をかね、間口四間、奥行十八間、裏口から数歩で水辺に出る。嫁ヶ島がすぐ前に見えた。この家から、いうところの「不味ごのみ」の名品がつぎつぎに生まれた。

「ジョテイさんのことをお調べなの？」

「べつにそうじゃないけど……」

　われながらアイマイな男である。

　大工町の名はすたれて現在は灘町にかわった。隣が魚町で、その辺りを徘徊していて、逐一、お店から見られていたわけだ。

　大橋川を少し東へいくと、中洲が見えてくる。松江市中を運河のようにめぐる川とここで合流する。色つやのいい黒豆で水割りをいただきながら、紙ナフキンに中洲や橋や合流点を地図に見立てて書いてみた。まさに小説の舞台とそっくりである！　うれしくなって、豆腐のあんかけとあいなめの唐揚げを追加。

　ここから歩いて五分とかからない。町角に一つの美しい建物がある。大正はじめのモダニズムのころに建てられたのだろう。白い石と、赤味がかったベージュ色のレンガ造り。角にあたるところがゆるやかな三角状の飾り窓になっていて、

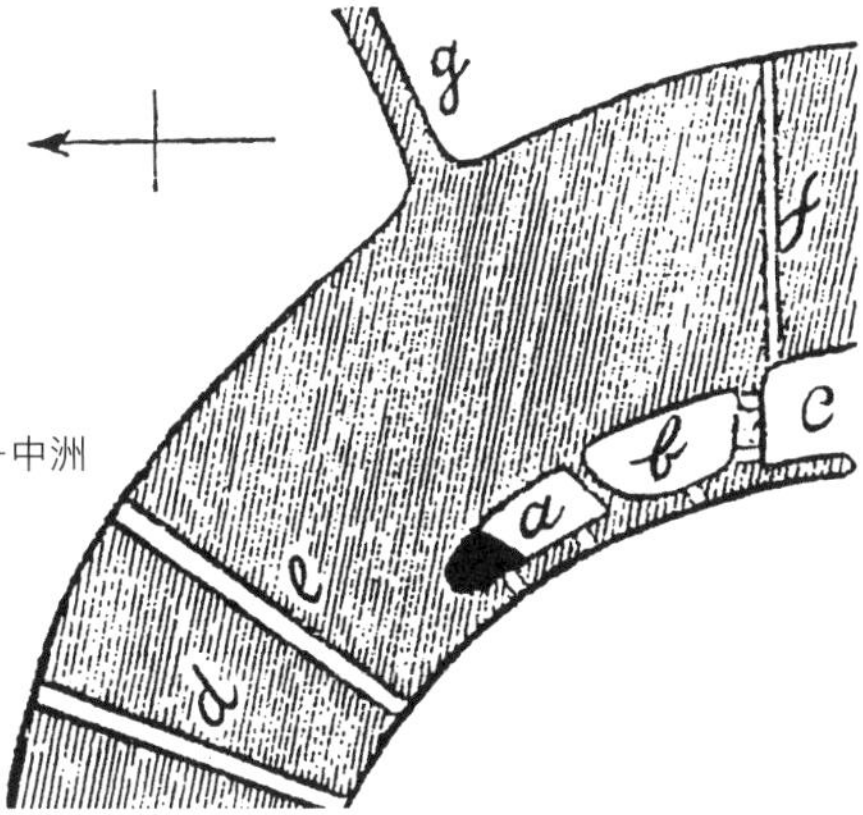

a、b、c——中洲
e——松江大橋
d、f——新大橋
g——合流点

隅田川河口を松江に移したプラン（池内紀作図）

縦一列に八面の石の彫り物がはめこまれている。

佐藤春夫の小説『美しき町』では「老建築師」とあるだけで、なぜか名前がしるされていない。若いころヨーロッパへわたって建築を学んだ。帰国後、事務所を開いたが、うまくいかない。注文主の卑俗な好みに合わすことができないのだ。夢破れて、もっぱら実現のあてのない設計図を書いていた。

おりもおり、テオドル・ブレンタノと知り合った。日本名が川崎禎蔵という変わり者。隅田川の中洲に水辺都市をつくるという。百軒ばかりから成る一つの町。そのすべての設計が老建築師にゆだねられた。念願の夢が実現するはずのところ、注文主がとんだクワセ者とわかって、とどのつまりは幻の町に終わった――。

かりに水辺都市と言うなら隅田川近辺よりも、水都松江にこそふさわしいのではあるまいか。大正四年（一九一五）はじめて松江を訪れた芥川龍之介には、なによりもこの町の水のたたずまいが印象深かったようである。松江紀行のなかに書いている。

「松江は殆ど、海を除いて〈あらゆる水〉を持つてゐる」

暗くよどんだ濠の水、灘門の外に動くともなく動いていく川の水、なめらかなガラス板のような光沢をもった湖水の水。

「この水を利用して、所謂水邊建築を企畫《きかく》するとしたら、恐らく、アアサア・シマンズの歌つたやうに〈水に浮ぶ睡蓮の花のやうな〉美しい都市が造られる事であらう」

佐藤春夫は芥川と親交があった。彼が水辺建築百棟をもつ『美しき町』を発表したのは大正八年（一九一九）である。芥川の松江滞在の四年後のこと。また佐藤春夫は建築家大石七分《しちぶん》と親しかった。自分と同じ新宮の生まれで、文化学院の創始者西村伊作の弟にあたる。大石七分は、のちに佐藤春夫のために家を設計した。全体が赤味がかったベージュ色をしていて、八角形の塔と、アーチ窓の石組みが美しい。
その大石七分の友人だった北村宗伍のことを知る人はほとんどいない。一つには華やかなパリで学んだ大石とちがって、北村がウィーンのオトー・ヴァーグナーについたせいだろう。帰国してから、かたくなにヴァーグナー様式を守ったあまり、ほとんど注文がなく、紙上に設計図を引くだけで終わった。

松江きっての老舗バーの主人にいわせると、一途な気持ちだそうだ。これと思い定めていると、いつかきっとそのものにいきあたる。そんなふうにして「グレンリベット二十五年」二本を手に入れた。エリザベス女王在位二十五周年記念の品で、わが国にわりあてられたのが、わずか三百六十本。山小屋風の店のつくりの、見上げるような木組みの一角に、当の宝物が下のランプと声をかけあうようにして収まっている。

四十年あまりシェイカーを握ってきたのだ。一途さのぐあいが、その骨太な骨格からも感じられる。失礼ながら、けっして美男子のカテゴリーに入らない人なのに、実にいいお顔をしておられる。コニャックを舐めていて、ふと気がついた。手のなかのグラスのすわりぐあいがめっぽういいのである。主人の話によると、ずいぶん前のことだが、大阪で永らく探していたグラスといき合った。ダースで買って、以来、大事に使ってきたが、一つ欠け、一つヒビわれて、もうあと数えるほど。

「もう作っておられんそうでして」

予備がつきたときのことを思うと、身が細る。

シェイカーを振るとき、口のはたにもりもりとコブができる。こころなしか、名人手品師のようだ。あるいはいたずらを思いついて笑いをこらえている少年にそっくり。

「トウモロコシスープ」なるものがコニャックのお伴に絶品なのを、はじめて知った。裏ごしでナメラカにして、ほのかな甘さを出した——といわれてもどんな手つづきかわからないが、なんともうまいことは、ひとくちでわかった。

「これは?」

「はい、ウラジオストック・バージンです」

当店オリジナル。ウォッカのベースで、青いキューリの切片が一つ。その青くさいところが「バージン」のゆえんらしい。とりたててレシピというほどのものはないのだそうだ。客を判断して、その人のいまの好みに合いそうなのを即座にきめる。あとは手がひとりでつくり出す。いわばジョテイ流。小林如泥は細工に銘というものを打たなかった。工程はそっとかき消して人にみせない。方法を知るのは当人ひとり。無名の工匠の伝統は町角に生きている。

建築家北村宗伍は松江の隣町、平田市の生まれ。大石七分の陰にかくれているが、むしろ七分のほうが、この一徹な出雲人から多くを学んだのではあるまいか。少なくとも新宮市に移築されてのこっている旧佐藤邸は、飾りの塔や中国風のロビィやアーチ窓など、オトー・ヴァーグナーの装飾理論を思い出させる。『美しき町』の老建築家は、一度だけ注文に応じて設計したことがあるという。しかし結局のところ、彼の苦心作は用いられなかった。「一つはあまりに素朴だと言われたし、もう一つはあまりに手が込みすぎていると言われた」からである。しかし、この建築家にいわせると、その中間のものこそ、まさしく俗で見られたものではないのである。

宿へ帰る途中、やや廻り道をして、例の建物の前にきた。街灯の明かりを受けて、石の彫り物がくっきりと浮かんでいる。少年の裸像を変容させて、それぞれに獣や道具があしらってある。無名の工匠は、はたして何を手本にしたのだろう？　ヨーロッパの工房におなじみの「職人百態」といった図柄を思わせる。あるいは教会の壁に刻まれた寓意画と似ていなくもない。ガラス窓にほどこされた木の飾りと石組みはアール・デコだが、軒まわりはむしろアール・ヌーヴォー調の装飾だ。

かつてはさぞかし、はれやかな建物だったのだろう。が、いまは半ば錆びた

松江の大正モダニズムの建物の一つ。正面のレリーフ

シャッターがおりていて、ハゲハゲの文字で「トラヤ駐車場」とあるのみ。

このとき気がついたが、隣り合ってもう一つ、なかなかおもしろい建物があった。これもまたあきらかに一九二〇年代につくられた。二階のアルミサッシ以外は一切が旧のままで、いかなる人の設計になるのか、イタリア未来派のよろこびそうな大胆な機能美の文様で統一されている。


しらしらした湖の夜明け。広大な鏡のように水面が光っている。島崎藤村や田山花袋をはじめとして、いろんな人がこの湖畔の宿『皆美館《みなみ》』の二階から宍道湖をながめ、その美しさを語ってきた。靄のようなものが流れていく。小泉八雲によると、それは「定かならぬ朝の最初の艶やかな色合い」。ついで「色綾《いろあや》」となり、眠りそのもののようにやわらかい靄の中からそっと抜け出る。長くのび広がって湖の端に達すると、日本の画帖にあるとおりの長い帯状の雲になる。

「それまで実物を見ていない限り、画家の気まぐれな思い付きと片付けてしまったかもしれない代物だ」

とっておきの奉書焼きをはじめ、いろんなごちそうをいただいたことは、手元にのこしたお品書きからもあきらかだが、さてどんな料理だったかというと、夢マボロシのようにボンヤリとして形をむすばない。ギンナンが翡翠《ひすい》のように光っていた。吸物はスッポン仕立て、タイの皮がちぢれていたのは熱湯をかけたからで、身がしまり、皮の歯切りがよくなる——耳にした講釈のきれぎれが記憶にあるばかり。

太陽がのぞきはじめた。はじめは淡いスミレ色。ついで一面の乳白色。とたんに突き刺さるように光の束が走って、向こう岸の建物の前面がしっとりした金色に染まった。八雲はそんなとき、大橋川の川面に幻の船を見たという。「今ちょうど帆を揚げている高い船尾楼をもった平底船」で、それが水の上を音もなくすべっていく。さながら放浪のギリシア人がみた東洋の湖《うみ》のまぼろし。

雨ばかりだったその夏の埋め合わせのような連日の秋日和だった。観光客にまじって八雲の旧居を訪れ、月照寺や松江城を見物し、出雲そばを食べた。午後おそく、人の流れからこぼれ出て大橋をわたり、昨日と同じ魚町から灘町、それから寺町へ足をのばした。二十にあまる寺の並ぶ中ほど、法華宗妙法山常教寺に小林如泥の墓がある。消えのこった文字を指でたどると、「蓮眞院如泥」と読めた。「蓮」の一字がいい。文化十年十月没。

如泥はカゲボリを得意とした。麻葉模様のすかし彫りにあたり、葉脈をすかして他の部分をのこしたもので、とりわけ「糸すかし」が絶妙だった。薄枝に絹針もとおらぬほどの細い線をうがって、さまざまな図柄をえがく。高村光雲はその手練を入神の技《ぎ》とみとめ、ついては依怙地なことをしたものだといったという。「これは窮屈といふ意ではない」と石川淳が注釈している。イコジにおいて自由であったということ。生活とも仕事とも双方にかかわって、自由な工匠を意味している。

夕方、ふらりと大橋川沿いの店に立ちよると、声をかけられた。

「ばんじまして――」

松江の人が暮れどきに交すことば。夜でも昼間でもいけないそうだ。これはこれで依怙地な作法にちがいない。

「ばんじまして」はまた夜のはじまりを告げる挨拶。うまい仕掛けだ。これをきっかけに大手を振って夜の飲み物にありつける。

「調べ物は終わりましたか？」

「ウン、まあ――」

佐藤春夫の小説には短いつけたしがついていて、老建築家にかねての願望がかない、「思いどおりの家」を最後に一軒だけ建てたことが語られている。しかし、それがどこにあるのか、誰の費用で建てたのか、はたして建物の礎石に名前と年月日を刻んだのか、「それらはちょっと一口には言えない」という。続『美しき町』が書きたくなったら、そのときに書いてみたいとあるが、佐藤春夫は続篇を書かなかった。だから、これ以上のことはわからない。

隠岐周遊記

隠岐《おき》へ飛行機がとんでいるが、せっかくだから陸路で向かった。岡山で一泊、翌日、特急「やくも」で米子、境線で境港《さかいみなと》。しめくくりは島にふさわしく海路をとって隠岐の島町西郷港着。こういうと大旅行をしたぐあいだが、新幹線はもとより、在来線も格段にスピードアップされており、連絡もピッタリ。高速船は海のジェット機であって、波の上をすっとんでいく。前日、東京の満員列車にゆられていたのが、あくる日は日本海の離島のもの静かな通りを歩いている。文明

はこともなく夢のようなフシギを実現してくれるものである。

何はさておき酒蔵の表敬訪問に出た。当地滞在中、必ずや毎夜、お世話になるからである。隠岐酒造は西郷の郊外にあって、もともと島のあちこちにあった五つの蔵元が大同団結して一つになった。五通りの技術と経験をもちより、いまでは島根県下随一の淡麗辛口の酒として知られている。

ひととおり酒の生まれる工程を見学したが、小学生のようにノートをとったりしないから、聞いたはなから忘れていく。かけ足で一巡したあと、誘われて味見をした。銘柄は隠岐誉《ほまれ》。とっておき大吟醸から純米大吟醸、純米吟醸、純米酒、室町や江戸時代の酒を再現したもの、海藻焼酎といった変わりダネもまじっている。ズラリと並ぶと壮観で、目うつりがしてならない。まずはコレ、次にコレといただいているうちに、どれがどれやらわからなくなった。

隠岐の水は軟水で酒造りに最適な上に、古くから神事の盛んなところであれば、神様に酒はつきものなのだ。長い歳月のなかで深い酒づくりの技術が蓄積されてきた。それに土地の方言で酔っぱらいを「よいたん

ぼ」というそうだが、応援団兼辛口の巷の神様がワンサといる。いい酒の生まれる条件がそろっている。

勢いをつけて、その足で北へ向かった。隠岐は「隠岐諸島」というように無数の島から成り立っている。岩が顔をのぞかせただけの小島も数えると総計百八十あまりにもなる。そのうち人が住んでいるのは主だった四つの島で、ほぼ円形にちかい東の島が一番大きい。これと南西の位置に中ノ島、西ノ島、知夫里《ちぶり》島がかたまっている。本州から見ての言い方だが、三つのかたまりが島前《どうぜん》、まん丸いのが島後《どうご》である。

島後の中央を国道485号がつらぬいている。全国に数ある国道のなかでもっとも快適な道ではあるまいか。集落がつきると、ほとんど信号がないので、スイスイ走れる。島前では小学校の前に信号をつくったが、安全以上に教材としてだそうだ。お伽噺のようなたのしいエピソードである。

まっすぐのびてきたのが二手に分かれ、一方は東の海岸に出て時計廻りに半周して西郷港にいたる。もう一方は時計と逆廻りに西海岸を半周する。そうやって西郷のほか、都万《つま》、五箇《ごか》、中村、布施の主だった地域を結んでいる。いまではスイスイ道路で自在に往来できて、行政的にも隠岐の島町一つだが、かつてはそれぞれ五つの村が自立しており、言葉づかいひとつで、どこの村の出であるかが即座にわかったそうだ。いまなお島後一島に五つの方言があって、それが島のパスポートの役目を果たしているらしい。

ほぼ北の端の久見《くみ》の集落は、どの家も大きく、つくりがみごとである。近くで黒曜石《こくようせき》がとれて、久見港から積み出された。黒々とした並外れて硬い石であって、古代人は石器として珍重した。武器となり、祭祀に用いられた。隠岐は長らく西日本きっての黒曜石の産地であって、瀬戸内海や北陸方面にも運ばれた。応じて島に富が流れこんだ。遠流《おんる》の地として離島には貧しさのイメージがあるが、大まちがいである。後鳥羽上皇、後醍醐天皇、小野篁《おののたかむら》といった貴人が当地に流されたのは、生活を保障する豊かさと文化があってのこと。その上での懲罰のシステムだった。菅原道真のケースでわかるが、貴人が配流の地で恨みを含んで果てたりすると、天変地異が起こる。そんなことはあってはならないのだ。

隠岐はいまでこそ「世界ジオパーク」の島としてひろく知られているが、スタートしたのはわりと近年のこと。国内に「日本ジオパーク」を名のるところは三十ヵ所あまりあって、そのうちの何ヵ所かは「世界ジオパーク」に認定されている。隠岐の対岸の山陰海岸ジオパークがその一つなのだ。

島の人はノンビリかまえていたらしい。そもそも「ジオパーク」なんてカタカナ語がよくわからない。パークが公園はいいとして、「ジオ」はなんのこと？

若い人には、島の現状が歯がゆくてならない。せっかく世に二つとない宝モノを持ちながら、ちっとも生かそうとしないではないか。おりから「ジオパーク」が少しずつ市民権を得てきたころだった。まず日本の認定機関に申請して「日本ジオパーク」の資格をとり、つぎに「世界」をめざす。「世界ジオパーク」認定をとればしめたものだ。

リーダーが、町当局にはたらきかける。ほか何人か、旅館の主人や公務員の仲間ができた。まずは「ジオパーク」の勉強から始めた。「ジオ」は地球・大地にあたる。ジオパークは「大地の公園」と訳されるが、地質遺産だけでなく、生態系や歴史・文化すべてを含めた公園である。自然と人とが長い時間をかけてつくってきた。

そんな目で見ていくと、隠岐諸島にはあるわあるわ。ユーラシア大陸の名ごり、火山活動の置き土産、氷河期の現象、対馬暖流の賜物。地質、植物、動物の特色に加えて、古代以来の黒曜石、遠流の島としての歴史遺産、北前船風待ち港としての渡来物、土地に根づいた神々、祭礼、民俗的風習、郷土料理……。

二〇〇九年　日本ジオパーク認定
二〇一三年　世界ジオパーク認定

「世界遺産」ほどではないが、パリに本部を置く「世界ジオパークネットワーク（GGN）」は活発に活動している。自然志向は世界共通の現象であって、必ずや大きな観光目標になるにちがいない。島根県が乗り出してきて、隠岐が一挙に脚光を浴びた。ふつう「大地の公園」といわれても、どこからどこまでかあいまいだが、隠岐は諸島全部がそうなのだ。一歩島に入れば、人はおのずと「ジオパークの目」でながめている。これまで単にバカでかい杉の木であったものが、いまやジオの特産になった。せいぜい修験者の打たれる滝だったのが、古くからの神々のメッセンジャーに見えてくる。島後北岸の「ローソク島」は、いまでこそとっておきの観光スポットだが、二十年前は誰も振り向きもしなかった。島にワンサとある奇岩の一つであったからだ。

隠岐はとびきり興味深いケースだろう。島にくると視覚が変わる。すべてが自然と人の意味深い接点に見えてくる。若い人のIターンやUターンがふえてきた。ジオパーク勉強会がもとになって作成した『隠岐ジオパークガイドブック』は二百ページちかくあって、実によくできている。ガイドブックのお手本というものだ――。

夕方、西郷にもどってきた。なにやらすでに何日も過ごしたような気がする。隠岐の中心町は、港につづく狭くて長い山あいに家並みがつづき、まん中を川が流れている。赤い石州瓦、白と黒のナマコ壁、重厚な蔵。それが川面に映っている。古き良きころの松江のようだ。

町角にブロンズの「西郷水火災記念碑」というのを見かけた。「水火災」とは何のことだろう？　明治二十一年（一八八八）、大火にみまわれ、町の八割が焼失。鎮火したとたんに暴風雨が襲ってきて、やっと持ち出した家財すべてを水にさらわれた。だから「水火災記念」となったわけだ。そのあとしっかり町づくりをして、それがいま川と古民家の静かなエリアをつくっている。

宿にもどりかけた角で、「隠岐騒動勃発地」と刻んだ立派な石碑と出くわした。知る人ぞ知る事件であって、ガイドブックにくわしく経過が語られているが、日本の近代化のなかで生じた画期的な出来事だった。

慶応四年（一八六八）、島後の住民三千人が武装して決起、松江藩の役人を追い出し、みずからの行政府を宣言した。藩の反撃にあい、二ヵ月あまりで潰《つい》えたが、その間、会議所（立法府）、総会所（内閣・行政府）、目付役（司法府）を組織、あっぱれ地方自治を実現した。民衆自治のケースとして秩父で起きた困民党蜂起がよくいわれるが、明治十七年（一八八四）の出来事であって、それよりも十六年早く、また秩父が数日でつぶれたのに対して、隠岐ではまがりなりにも八十日あまりコミューン制を維持したのだ。ジオパークの副産物として、これからもっと知られてよい歴史遺産ではあるまいか。

お宿は朝食つきで、夕食はなし。かわりにおすすめの店が三軒ばかり用意してあって、きまると相手先に連絡がいく。いたって合理的なやり方であって、鉢ばかり多い宿のお仕着せではなく、客が選択できる。ジオパークで学んだ成果の一つらしい。

「二つ目の角を曲がって三軒目」

見かけは赤提灯だが、お品書きは料亭並みで、お値段は居酒屋流。システムがあざやかである。

アイナメの唐揚げ。アイナメは生きていないと、切り口がひらかない。ナルホド。うなずきつつ、こちらはお酒に忙しい。

えびしんじょ。エビをすりつぶして、片くりをはたいた揚げもの。ナルホド。

エボダイ山椒焼。照り焼きに山椒の新芽をふりかける。ナルホド。

鴫焼《しぎやき》。トリにあらず、焼きナス。味からきたものでしょうか。これはナルホドといかず、盃をやすめて主客とも首をひねった。


翌朝は「隠岐モーモードーム」で行われる牛突きの練習風景。宿の人につれられて来たまでで、正直いうと、あまり気が進まなかった。牛は「モー」のノンビリした鳴き声からもわかるように、いたって温和な動物である。それをわざとケシかけ、角突きあわせて、何がたのしいのだ？

いや、おどろいた。人間、先入観をもつものではない。小振りの可愛らしいドームにはけっこうツアー客が待機していた。世話役の会長から、ちょっぴりプロレス調の威勢のいい紹介があって、黒い牛の登場。まず毛並みのみごとさ、つやのよさにびっくりした。場内を一巡して、やおら対面。何かと似ていると思ったが、大相撲とそっくりである。つぎも同じで、頭取の合図で仕切りに入り、しばらく見合ったのちにガッキと角をからませ合った——。

押す、ひねる、いなす……大きな顔をつけ合い、ただ角だけに集中してワザを競う。牛の目は大きい。じっと相手を見つめ、引きをまじえて体勢を崩すと、ここを先途と押しまくる。相手は懸命に踏みとどまり、体勢を立て直すと角を音高くはね上げ、ねじりながら攻め返す。双方の綱取りが行司のようにすばしこくわきに動いて声をかける。気がつくと二十分ちかく、手に汗にぎる肉体のゲームに見とれていた。

およそ八百年前、当地に流刑になった後鳥羽上皇を慰めるために始まったというが、実際はもっと前から

行われていたのだろう。家族のように飼われている牛に、チカラくらべの場を用意してやりたい。そのためのルールをきめた。牛もこころえたもので、決してルール違反は犯さない。島の各所で催される大会のなかで、旧都万村壇鏡《だんきょう》神社の八朔《はっさく》祭り（九月一日）奉納牛突きが最大の晴れの舞台になった。この日、優勝した牛は美しい化粧まわしをつけてねり歩く。

巨体を擁していても、ただ角だけが勝負手とされ、逃げ出すと負けというのが気持ちいい。勝負ごとには賭がつきものだが、そのたぐいが一切なく、牛好きの奉仕によるのが、またあざやかだ。練習を終えた牛が荒い息で休んでいる。並んで写真をとる人を大きな、やさしい目でながめていた。

隠岐の総社玉若酢命《たまわかすみこと》神社に隣接する億岐《おき》家の宝物殿で、念願かなって駅鈴《えきれい》と対面した。遠い昔、くにのみやつこ（国造）が馬で行くとき、この鈴をつけてお通りを知らせた。二つあって、ともに黒い土鈴型で、まっ赤な紐がついている。これをリンリンと鳴らしながら、お飾りをつけた馬が行く。平和を絵にかいたような光景である。代々総社宮司をつとめる億岐家は、その隠岐国造の末裔というから、島では歴史が生《き》のままに生きている。

隠岐国分寺につたわる蓮華会舞《れんげえまい》の衣装をながめていて思ったのだが、気のせいか秋田の男鹿地方につたわる「なまはげ」とそっくりである。大晦日の夜に鬼の面をつけて家々をまわり、「泣く子いねーがー」と叫んで子供たちを恐がらせる。海岸に漂着した異人のイメージを揺《よう》曳《えい》しているといわれるが、同じ対馬暖流が北上するなかで、土地に根づかせたものではなかろうか。

異人漂着説は島のあちこちにあるという。ためしに福浦の南の小さな集落に足をのばした。三方が山の小さな浜に、十戸ばかりの立派な家並みがあって、そこの白山《しらやま》神社には男女による独特の祭りがつたわっている。写真がプレートにしてあったが、衣装の色といい形といい、目がさめるように美しい。それにしても、いったいこの孤絶した狭い浜手に、どうやって人が住むようになったのだろう。あれこれ、想像がふくらんでいく。

お昼は当地特産「さざえ丼」。大きな鉢が甘辛く煮たさざえとアラメで埋まっている。とても一人では食べきれないと思ったが、箸をつけると、こともなくお腹にそっくり収まった。

午後。高速船で島後から島前に移った。三つの島が複雑に変化していて、それでなおある種の統一感を示しているのは、全体が火山のカルデラであって、火と水と土と時間があいまってつくったからだ。その旧カルデラの一点が焼火《たくひ》山で、古くから神のいます山として信仰されてきた。焼火の神をまつるのが焼火神社。奇岩が山を覆っていて、修験者が焼火権限をまつったのが始まりという。海上生活者の信仰が篤いのは、嵐にみまわれ難船に及びかけるとき、一心に祈願すると、神火が現われて、きっと助けてくれるからだ。

宮司さんの先導で山道をのぼること約十五分。ていていとそびえる古木のあいだからチラリと建物が見えた。おもわず足がとまった。本殿の上の大きな岩穴に本殿がめりこんでいる。むしろ暗い岩穴からしずしずと華麗な半身をのぞかせたぐあいだ。傾斜のつよい岩壁に、いったいどうやって、このようなみごとな社殿をつくったものか？　「プレハブですね」

風格のある宮司さんから聞くと、「プレハブ」の一語が謎の呪文のように聞こえた。なるほど、プレハブにちがいない。一式すべてを大坂でつくり、船で運んできて浜から引きあげ、現場で一気に組み立てた。重厚な社殿を、ただ図面だけでつくり、寸分のくるいもなく岩穴に収めるとは、棟梁以下、日本の大工たちがそなえていた技術の高さにうならずにはいられない。

社務所で問わず語りにうかがった。由緒ある神社宮司を受け継いで維持する苦労は、いっさいおっしゃらなかったが、察してあまりある。平成十一年（一九九九）に遷宮があった。お金持ちのお伊勢さんは二十年に一度だが、こちらは宮司一代に一度の大仕事だ。遷宮記念に配られた引出ものがシャレている。歌川広重が六十余州を絵解きしたうちの一つで、隠岐は「焚火の社《やしろ》」のタイトル。大船のへさきでお祓いをしている。山裾の繁みに鳥居がのぞいて、焼火の神の入口。広重は文献にあたり、当社を隠岐国の代表にしたようだ。大きくうねった白波と、豪壮にそったへさき、かなたの静まり返った神社の社。動と静とが巧みに結び合わせてある。

この夜は別府港に近いお宿で一泊。しらしら明けになにげなく散歩に出たところ、黒木御所跡に行き合った。後醍醐天皇行在所《あんざいしょ》とつたわるところで、海辺の小さな高台である。『太平記』には、佐々木守護代が「府ノ島《コウ》ト云フ所ニ黒木ノ御所ヲ作リテ皇居トス」とあるだけで、正確には不明だが、いかにもそれらしい地形である。流刑の人なのでヒノキの白木づくりとは言えず、「黒木」とボカした言い方をしたのだろう。向かいの高台が隠岐判官館跡とあって、石柱が建てられている。海を見はるかして、実に雄大な景色が見られる。いつも思うのだが、伝承はつねに土地のもっともステキな一点を、この上なく正確につたえているものである。

三日目のメインイベントは西ノ島国賀《くにが》海岸の絶景めぐり。この日の案内役はニコラ・ジョーンズさんといって、ニュージーランドの生まれ育ち。どうして南半球の若い女性が、案内されるのではなく案内する役なのか。国際交流で来日、ひょんなことで隠岐に来て、気に入ったので住みついて、観光協会に職を得た。日本語はむろんペラペラ。目もくらむような断崖のはしに立ち、ニュージーランドの人と日本語でおしゃべりするとは夢にも思わなかった。

「ニコラさんとの会話はたのしいナ」

「アラ、そうですか」

ジョークやユーモアが大好きで、まじめな話にちょっとまじえる。ニコッと笑って次へいくのが、やりとりの作法である。町当局はなんともありが

たい人材を手に入れた。外国人観光客がドッとふえたおりから、英語、日本語、ユーモア堪能の職員がいる。その人がいるだけで職場がワッと明るくなるタイプがあるものだが、まさにそんな人。願わくば、ニコラ流ジョークを上手に受けとめられんことを！

あらためてわかったが、西ノ島の西海岸はスゴイところだ。崖の一番高いところは二百五十七メートルというからビルの七十階分。日本海の風と荒波と岩がつくり出した。遊歩道づたいに下っていくと、みるまに崖がせり上がる。ふつう建築物が巨大化すると、上からのしかかって人間を威嚇するものだが、自然の産物は広大な抱擁力をもっていて、やさしいのだ。崖の上で草を食べている馬が豆つぶのようで、その馬とそそり立つ岸壁とがちゃんと調和して、絶妙の風景を生み出している。

牧草地を注意してながめていくと、雑多な石を並べた仕切りに気がつく。「アイガキ」「ミョウガキ」と呼ばれ、集落ごとに行っていた「牧畑」の名ごりである。四年のサイクルで麦や豆、アワ、ヒエを順ぐりに栽培し、休耕地で牛や馬の牧畜をした。旧カルデラ地は稲作が難しい。かわりにあみ出した畑作で、牧畜が堆肥をつくり、次の畑作の力となる。日本では珍しい四圃《よんぽ》式農業だが、ヨーロッパ、とくにスイスでは三圃式をとって、いまも見られる。痩せ地の知恵がはからずも東西でよく似た農法を生み出した。これまたジオパークに打ってつけの歴史なのだ。

隠岐を発つ前に島後にもどり、旧家で里の料理をいただいた。代々庄屋をつとめた屋敷が町に寄贈され、丁寧な修復を受けた。石を敷きつめた土台に、凛とした木づくりが爽やかだ。広い土間、「ナカエ」と呼ばれる板間。近所の方のお手製で、型どりして色どりのあるご飯に昔なつかしい煮しめ。海の幸が隠し味風にまじえてある。ゆっくりしたいが出発のときが迫っていた。「霊前の間」へお別れにいくと、欄間に遺影が掲げてあった。最後の跡《あと》とりだった方で、東京帝大法科卒。召集され、外地に赴き、昭和二十年八月十七日、戦死。終戦の二日後ではないか。情報が届いていなかったのだろうか。ご家族の無念さと悲しみは、ひとしお深いものがあったにちがいない。

写真には、いかにも旧家の若い当主らしい、ふくよかな姿がのこっていた。薄暗がりから外へ出ると、透明な光につつまれ、まるで一瞬の夢を見たここちがした。

豊後・日田の鮎料理

「日田金《ひたがね》」といって「日田銀」とも書いた。江戸時代に九州・豊後の天領日田《ひた》にあって、豪商が営んでいた貸金のこと。現在の銀行だが、しかし利子が高く、むしろ高利貸にあたる。貸しつけた相手は主に諸国の大名で、その藩の蔵元となって公金を一手に握った。貸し倒れのおそれがなくて金利がいい。九州の辺境に富が流れこんだ。

小規模経営者向けもあって、こちらは「日田銭」とよばれた。現在の商工ローンだが、記録に見るかぎり、強迫まがいの取り立てはしなかったようだ。その必要がなかったからで、貸元の背後には天領の代官がニラミをきかせている。代官にはむろん、豪商側からお手当てがたっぷりしてあった。

日田は山間の町である。大分県の西端にあって福岡県に接し、どちらからもけっこう遠い。どうしてここに天領が置かれ、それが九州きっての金融都市になったりしたのだろう？

地図をひらくとわかるが、日田盆地は北九州のほぼまん中にあり、九州全体でいうと、ヘソの位置にある。豊前、豊後、筑紫《つくし》、肥後など、九州の大藩の監視塔にちょうどいい。山間とはいえ、日田街道で久留米と結ばれており、博多にも通じる。当地を流れる三隅川《みくまがわ》は筑後川の上流で、古くから舟運が発達していた。水陸にわたる足の便があった。

松本清張が伝奇小説に仕立てているが、日田盆地を囲む山々には、多くの金山、鉱山があり、金山奉行が置かれていた。さらに日田杉として知られた広大な美林をもっており、九州きっての金融の町には、その信用を支える豊かな資源があった。

いまも日田市中の豆田町界隈には、かつての繁栄の名ごりが色濃く残っている。重厚な瓦屋根、蔵づくりの壁の厚いこと、正面はさほどでなくても奥がべらぼうに深い。いくつもの蔵、秤庭、離れをかかえている。

ひときわめだつのが草野本家といって、屋号は枡屋。かつて大名や代官の蔵元を「掛屋《かけや》」といったが、その一つだった。公金出納を担当して士分の扱いを受けた。時代の大きな変わり目、明治維新に際して、莫大な貸金を棒引きにされ、多くの掛屋がつぶれたようだが、草野本家は時代の荒波をしのぎ、屋台骨を守ってきた。よほどしっかりした当主なり番頭がいたのだろう。いまも時代を見る目をそなえている。雛祭りや端午の節句、また日田の大祭祇園祭りともなると、本家はこころよく屋敷を公開して、町の観光を支援している。

旧家の一つは広瀬淡窓《たんそう》の生家だという。説明板によると、弟の旭荘《きょくそう》とともに儒学者として知られ、子弟教育のための「咸宜園《かんぎえん》」をひらき、そこから大村益次郎や高野長英らが育っていった。それはそれとして、旧家から学者や芸術家が出るようになると、商才が鈍るもので、広瀬家はその後、屋台骨が立ちゆかず、人手に渡ったらしい。

ま、こちらはべつだん旧貸金業者の盛衰に関心はない。豪壮な家並みのつづく大通りからそれて、露路を一つ、二つと折れたところ。以前は酒蔵だったと聞いたが、それが上手に改造してある。建物を買いとり、新しく造り直したのは、すべて町の人たちである。だから市立ではなく、市民立ミュージアムだ。発起人が走りまわり、展覧会、講演会、バザー、コンサート……少しずつためて手弁当で積み上げ、八年がかりで宇治山哲平美術館を実現した。同郷人というだけでなく、一人の画家に寄せた人々の親愛の深さが見てとれる。

ふところ深い町は儒学者兄弟だけでなく、漆や彫金の技術を生み出した。古くから漆器の堆朱《ついしゅ》が日田名産であって、ながらく学校には工芸科、描金科が設けられていた。豪商の町、それも豪家のひしめく豆田に生まれたが、宇治山哲平の生家は貧しく、絵の好きな少年は美術学校になどやってもらえない。工芸学校描金科に入り、漆芸や蒔絵を習った。卒業すると人生コースはきまっている。日田漆器に入ってデザインを担当する。

本名は哲夫である。宇治山哲夫がどうして哲平と改名したのか理由は知らないが、多少とも別人になりたかったのかもしれない。漆器物の意匠だけでは満ち足りず、独習本で版画を学び、ひとりでせっせと制作した。図画の教師をしながら油絵を始めた。若いころの絵が暗いのは、悶々とした時期の心境のあらわれだろう。日田金で栄えた町の土蔵のように重苦しい。

四十歳をすぎて抽象に転じたとたん、色と形の表現が花ひらいた。一気に明るくなり、世界が突き抜けた。赤、青、黄、丸、四角、三角……単純な組み合わせが無限に増殖していく。弾けるような音楽を思わせ、画面に踊るように旋律が流れていく。

はじめて鎌倉の神奈川県立近代美術館で宇治山哲平展を見たとき、おもわず呆然とした。抽象のための抽象がおおかたのなかで、あきらかにちがっていた。こちらでは幾何学模様が宇宙からのメッセージのようにひびいてくる。赤丸がうたい、四角が拍手をとり、三角が踊り出る。全体が正確なデザイン性をおびているのは、哲夫少年のころに習った描金の名ごりかもしれない。気のせいか抽象の背後に、確乎《かっこ》とした漆芸や蒔絵の職人芸が息づいていた。

市民立ミュージアムは、入ったところがフロア兼受付兼ショップ兼事務室。奥が展示スペースで、ホールにもなる。哲平さんの絵に見守られたコンサートなど、シャレた使い方である。講演会や朗読会もできる。運営も町の人々が当番のようで、目のキラキラした若い女性が受付をしていた。エプロン姿のおばさんが前庭を掃除している。

草野本家の当主や、造り酒屋の若い経営者やらが運営委員になっているのではあるまいか。老舗の饅頭屋、漢方薬の本舗、古い料亭の女将、醤油の蔵元——歴史のある町には筋金入りの教養人がいる。テレビにしゃしゃり出る自称文化人とちがい、つつましく裏方に徹して、ふだんは何でもない顔をしているものである。

山間の町の日暮れは早いのだ。気がつくと、いつのまにか霧が立ちこめている。盆地特有の現象で、夜になるとぐっと冷える。そのため冬になると町全体が「底霧」とよばれるものにつつまれる。

受付にいた目のキラキラした人におそわって、川沿いのレストランを訪れた。長良川ほど有名ではないが、三隅川も鵜飼で知られ、そのため鮎料理が名物だとか。店によっては鮎の刺身に始まり、しめくくりの雑炊にいたるまで鮎づくし。

おそわりながら、あまり気乗りのしない顔をしていたのだろう。相手はすぐに察して、自分もフルコースはどうもというふうに首を振った。いちどだけ会食したが、しばらくは鮎と聞くだけでゲンナリしたという。「瀬戸内の生まれなので」と言うと、さもあろうとうなずいて、やはり川魚は海の魚にかなわないと言った。それでも漁業組合が工夫した、小鮎をカラリと煮上げた一品はおすすめ。佃煮のように煮つめていなくて、あっさり味。

「酒にもワインにも合いそうですね」

山の町であって、海からの流通がままならぬころ、魚といえば川魚だったのだろう。料理屋の看板に天然鮎が広告してあって、豪勢な絵姿がついている。

「鯉、鮒、鯋、鰻、鯰――」

字づらではわかっても読めない魚名がまじっている。かつて豪商たちは、御用金の用立てにきた藩の用人を、手のこんだ魚料理で接待したのではあるまいか。背に腹はかえられぬ相手の金融事情を見すかして、法外な利を上のせしていたのだもの、ごく手軽な贈答品というものだった。

そのレストランに小鮎はなかったが、腹をひらいて薄く塩を振った鮎をいただいた。店主の弟が獲りたてを入れてくれる。そんな日の特別料理とか、ワインのお伴に絶妙だった。

おみやげには鮎のうるか。豆田の宿にもどる道筋に、霧のなかの天守閣と遭遇した。木造四層、消防署の物見台よりやや高い程度。実をいうと「日本丸《にほんがん》」の名で知られた薬屋で、築後百五十年だそうだ。軒に下がった巨大な看板とともに効能書が豪勢である。万能薬で、何にでも効く。

「昭和四十年代、原料難で製造中止」

何を原料にすれば、何にでも効く薬がつくれたのか。由緒ある万能薬を、あっさり製造中止にしたところがいさぎよい。霧が流れて、豆田の天守閣が幻影城のようにユラユラ揺れていた。

長崎のカツ丼

長崎の街は地形が入りくんでいて、坂が多い。そのなかで「どんどん坂」は特徴がある。かなりの傾斜をもつ一本道が、コンパスではかったようにまっすぐ上にのびている。地図には名前がないから「どんどん坂」は通称だろう。たしかにどんどんのぼっていく。のぼるにつれて、まわりがどんどん足下に沈んでくる。

南山手の一角であって、赤茶けたレンガ塀に八角の小さな塔をもつお屋敷が見えた。壁にはツル草がもつれている。おとなりは古風な洋館で、窓辺にアマリリスの鉢。庭の芝生に木椅子とテーブル。教会の鐘の音に夏の雲をからませれば、即座におしゃれな詩ができそうだ。

目の下は港めぐりの船の出る松ヶ枝桟橋。運河をはさんで右はオランダ坂、左は大浦天主堂からグラバー園。観光客の流れはそこまでで、奥まった一帯はまるきりひとけがない。道が迷路のように入りくんでいて、這うようにのぼりつめたとたんに、急角度で落ちこんだりする。のんびりした町歩きにはたのしいが、スケジュールのきまった人は相当あせるところである。

前は削《そ》いだような崖。シュロの木が一本あって、左の奥まったところに美しい軒飾りをもった古い建物がのぞいている。江戸川乱歩の小説に出てくるような西洋館である。「しめた！」と思って、門柱につづく敷石づたいに入っていった。

玄関が黒い口をあけている。しんと静まり返っていて、ひとけがない。しかし傘立てに何本もの傘が立てかけてあって、無人ではないらしい。足元の色タイルが謎の記号のような模様を描いている。

庭にまわると窓ごしに人の姿が見えた。メガネに白いマスクをつけ、白衣姿で指につまんだ何かを見つめている。

「ちょっとおうかがいしますが――」

振り仰いで声をかけると、相手が顔を向けた。

「ここはどこでしょう？」

「ここ？　病院ですよ」

「病院？　なるほど……」

そういえば二階の壁に沿って調剤用の器具が見え、薬品名をしるした紙函が積み上げてある。

「勝手に入ってきては困りますね」

べつに困ったふうではなく、手にしたビーカーのようなものを、振りまわしてはながめている。

「建物がよかったものですから……」

ウソではない。庭側がテラスになっており、古めかしい柱頭が支えている。アーチ状の窓が開いていて、いかにも長崎一景である。

マスクの人が何かを言ったが、よく聞きとれない。乱歩の怪人二十面相は、あるときは白衣の科学者、またあるときは黒衣の魔術師だった。両手をコウモリの翼のようにひろげたと思うと、忽然として姿を消した。

もどりかけて振り向くと、長崎の怪人もまた消えていた。上は風があるらしく、シュロの葉が揺れている。まわりがいっせいにざわめき立って、どこかでクックと含み笑いがしたような気がした。

福岡県柳川生まれの橋本磯吉が長崎に出てきて洋食喫茶「銀嶺」を開いたのは、昭和五年（一九三〇）である。ほんとうは洋酒の店をやりたかったのだが、軍国主義の高まりかけた時期であって、軍港長崎に洋酒ではマズイと判断してのことらしい。「銀嶺」はジャーマンケーキで知られ、土曜の夜はレコードコンサートを催して、ハイカラ好きをよろこばせた。

開店の翌年、磯吉はカツ丼を考案した。そのときのチラシが残されている。

「新發賣!!　皆様に是非召し上がって頂き度《た》い銀嶺獨創の洋風丼」

和食ドンブリ物の味の単調さをカツレツで補い、洋食の冷えやすい欠点を丼方式で改良した。なるほど、あたたかくて、和食でありながら洋食の味を兼ねそなえている。値段は三十銭。

カツ丼が当たって銀嶺は繁昌したが、時代は悪くなる一方で、やがて太平洋戦争、大空襲、広島についで長崎に原爆。複雑な地形が幸いして洋食喫茶は生きのびた。戦後はレストラン「銀嶺」に模様がえ。ついに念願の「洋酒の店」を開いた。東京・銀座の「ルパン」と似ていて、磯吉の口ぐせによると、「よそがバーなら、ここはバーじゃなかばい」。

長男の二代目からそんなエピソードを聞きながら、ありし日の橋本磯吉の写真を見せてもらった。手に遠眼鏡をもっていて、少年の夢を実現した記念に撮ったという。ただの双眼鏡ではない。「御用御眼鏡師役祖・森仁左衛門正勝作」。日本刀の銘にぴったりの名前が遠眼鏡についているのが、いかにもナガサキらしいのだ。

諸説があるが、カツレツはコロッケやハヤシライスと同じように、大正のころに生まれたようだ。いずれも洋食に入るが、日本産の西洋食で、和式と洋式が巧みに合わせてある。何ごとにも器用な日本人が、洋風のスタイルをとりこんで和風料理を生み出した。「今日もコロッケ、明日もコロッケ――」という歌がはやったように、どれもごく安手の庶民の食べ物としてひろまった。

磯吉発案のカツ丼が、日本のカツ丼の始まりかどうかはわからない。ほぼ同時期に似たような食べ物が、あちこちで登場していたからだ。しかし、もっとも長崎にふさわしい新発明であることもまたたしかである。おなじみの長崎チャンポンをはじめとして、ここは伝来のものを旺盛に取り入れ、上手に消化してきた。

目抜き通りでは優美な「ギヤマン製品」がショーウィンドウを飾っている。ポルトガル産ディアマン（ダイヤモンド）をガラスでもってつくり出した。

名代の老舗《しにせ》がカステラを扱い、その名も文明堂。お菓子函にはオランダ船が帆をひろげていて、せんべいがここでは「せんぺい」になり、醬油ではなくバターやザボンの味がする。


高台の古いお宿で特注のカツ丼をいただいた。さぞかし調理場のヒンシュクをかっただろうが、私は丼物が好きなのだ。磯吉新案のほかにも、天丼、ウナ丼、玉丼、親子丼。変わりダネではアナゴ丼、イクラ丼、ウニ丼……。

まず容器がいい。丼は丼鉢がつきもので、大ぶり、厚手、まん丸い蓋つき。全体がお多福の頰のように福々しい。おいしく食べるということの幸せを、まさしく容器であらわしていて、アツアツを、しばらくうれしく撫《ほの》でまわしている。

蓋をとると、フワリと湯気が立ちのぼる。いっしょに仄かな匂いが鼻をくすぐりにくる。知られるとおり丼物は上の具と下の飯からなりたっており、正確にいうと、下の飯は二種類あって、おしるのしみたところと、しみていない白いごはんのところがある。わが独断であるが、その比率七・三といったところが望ましい。おしるのしみていない白いごはんが大切なのだ。三くち、四くちとしみたのがつづくと、舌が重くなる。そんなとき白いごはんを口に運ぶと、舌が浄められたぐあいで、味覚が再び活気づく。

丼物はせわしなく、ガツガツ食べるものなのだ。夢中で喉にかきこんで、気がつくと、上の具のあらかたが姿を消している。だからといって配分をまちがったわけではないだろう。わき目も振らずに食べると、たいていこうなる。そのためのおしんこであって、つまんでひと息入れ、目分量で勘案する。具の残り、おしるのしみた残り、白いごはんの残り。せわしなくかきこんでいるようでも、きちんと味と量の配分をしているものである。

一つぶ残さず、きれいにたいらげた。丸い丼物はそれ自体が胃袋の形と似ており、中身がそっくり鉢から袋に移動した。手にした鉢の重みが胃袋に移り、鉢にしたのと同じように、われ知らず腹を撫でていた。

支配人がニコニコしている。

「いかがでした?」

「大満足です」

それからひとしきり訊《き》かれもしないのに、わが丼哲学を披露し、長崎特産説を主張した。長崎に始まり全国にひろまったものの一つにちがいない。

「〝かんかんのう、きゅうれんす〟というのもありましたね？」

急に話が飛んで、落語「らくだ」で知ったヘンな歌のことになった。たしか長崎で歌われたのが始まりだった。噺のなかでは、歌に合わせて死人《しびと》を踊らせる。支配人によると、もともとは中国語で、酒席の歌として、丸山の遊女との交わりを歌ったものだそうだ。主人にもらった知恵の輪を抱いてはきたが、解くにも解けず、切るにも切れず、ほんにやるせがないわいな――。

歌われているうちに文句がくずれて、わけのわからないものになり、それが江戸へと運ばれたらしい。

〽さんしょならえ　さあいほう
にいかんさん
いんぴんたいたい　やあんろ

長崎はながらく世界にひらいた日本で唯一の窓だった。オランダもポルトガルも中国も巧みに同化し、和製チャンポン、カツ丼文化を生み出した。そしていまや観光コースには「たいたい」ツアー客が、にぎやかにおしゃべりしながら大河のように回遊している。

屋久島の焼酎

若いころ一度、駆け足で屋久島をまわったことがある。山が目的で、ついでに海辺を一巡した。ほとんど何も記憶していない。ただ尾之間《おのあいだ》というところの共同湯につかっていたら、白髪のじいさんが入ってきた。全裸になると背は曲がりぎみでも筋肉隆々としていて、陰毛が黒々と繁っている。あっけにとられて、まじまじとながめていた。なぜかそんなことだけを、はっきりと憶えている。

鹿児島空港で飛行機待ちのあいだに、日本の杉について即席の勉強をした。屋

久島の屋久杉は有名だが、ほかにも天然杉の群生するところがいくつかあって、高知県の魚梁瀬《やなせ》杉、富山県の立山杉、秋田県森吉山の秋田杉、日本の杉の北限といわれる青森県の鰺《あじ》ヶ沢《さわ》杉、それに白神山地の杉が代表的だそうだ。杉というとすぐに奈良県の吉野杉、京都の北山杉、大分県日田市の日田杉を思い出すが、いずれも古くからの人工林であって、天然杉とは異質のものだそうだ。

花粉症の元凶とされて人気がないが、杉は数千年も昔から日本人の暮らしに役立ってきた。まっすぐで割りやすいし、軽くて軟らかくて加工しやすく、しかも丈夫な木材ときている。規則正しい木目は美しい装飾になる。御神木にされてきた理由があるのだ。

考えてみると、国内に分布する主な天然杉の産地のうち、高知以外は訪れている。それぞれに森の王者のような巨木がそびえていて、それも見てきたが、杉そのものについては、さして注意を払ってこなかった。屋久島では、樹齢千年以上を屋久杉といい、数百年の若い杉は小杉とよばれているらしい。齢《よわい》数百年を数えてもまだ小モノとされるところが、屋久杉のスゴイところだそうだ。

前に来たとき学んだことだが、屋久島は少しいびつな円形をしていて、中央部は山、町と集落は円周部にある。地名を丸い時計の数字盤になぞらえると覚えやすい。つまり船便の中心の宮之浦港は一時にあたり、空港と町役場のあるところは三時、第二の港の安房港は四時、尾之間は六時、海中温泉のあるところが七時、西側の主な集落である栗生が八時、大川の滝が九時、わずかばかし水田のある永田が十一時、北端の矢筈崎が正午。

天然杉の分布は中心部の山地の標高五百メートル付近から山頂近くまでつづき、ほぼ全山に及んでいる。宮之浦岳は標高千三百九十六メートルあって、年平均気温七〜八℃と冷温帯に近い。平地は亜熱帯気候であって、海沿いの平地から北海道なみの山頂まで、いうところの植物の「垂直分布」が見てとれる。

その夜、宮之浦の宿に近い居酒屋で焼酎を飲んだ。「黒糖《こくとう》焼酎」といってソテツの実でつくる。三十〜四十度と強いのを、水で割っておカンをして、チビリチビリやる。口あたりがよくて、ついゴクリとやりたいが、するとたちまち酔っ払う。

料理は豚骨《とんこつ》が出た。沖縄と同じようだが、やはりちがうそうだ。どこがどうちがうのかわからないが、屋久島の人にはひと口でわかるらしい。豚肉を鍋でいためるとき、焼酎をかける。それから熱湯で油を抜いて、みそ仕立てでコトコトと煮る。この間の手続きにちがいがあるのだろう。相客が言うには、とにかく焼酎の肴は豚骨にかぎる。

「水がいい」

と、その人は力説した。水がいいので屋久島の焼酎は格別にうまい。ためしにおヒヤをいただいたが、なるほど、うまい。昔の殿さまなら「甘露甘露《かんろ》」と言ったろう。山の水をポリタンクに詰めてくる。人手のある家は、みんなそうしている。山の水を飲んでいると、水道の水など、飲めたものではない。東京の水道水は、あれはドブ水じゃないのか。

翌日は四時の位置の安房から行けるところまで車で入り、それから小杉谷をめざした。渓流沿いに登っていく。しばらくはシイかカシの照葉樹林帯で、標高五百メートルをこえるあたりからツゲがあらわれ、杉が点々と姿を見せ始めた。針葉樹と広葉樹のまじった、いわゆる「針広混交林」である。日本の山の植生の原形で、その点では屋久島も同じだが、ここでは千八百メートルをこえるあたりにも杉が分布しており、それがほかにない特徴だという。高地では里のように、まっすぐ高々とのびるのではなく、萎縮して奇形化する。有名な縄文杉は標高千三百メートルのところにあって、幹の太さのわりに樹高はさほどない。ゴツゴツしたコブが盛り上がり、まこと異様な姿をしている。現在、確認されている屋久杉のなかで最大のもので、宮之浦岳の前山の尾根筋に近い斜面にあって、ながらく知られていなかった。昭和四十二年（一九六六）、当時の上屋久町役場の職員が発表。一躍脚光をあびた。メジャーを幹にあてがって計尺している写真を見たが、人間が豆つぶのようで、途方もなく大きいことがよくわかった。

屋久杉の伐採が本格化したのは江戸時代初期からで、いろいろな用途をおびていたが、なかでも屋根材に使われる平木《ひらぎ》は重要だった。屋久杉で屋根をふくと、何百年も腐らないと言われた。米ができない島は、薩摩藩への年貢を平木で納めた。平木二千三百十枚が米一俵だった。気の遠くなるような数量からも税の苛酷さが見てとれる。

だから素姓のいい木でないと平木づくりの作業がはかどらない。伐採されずに残ったのが巨木となった。割り加工に不適当な異形をしていたせいである。

この夜もたっぷり焼酎をいただいた。いくら飲んでも味が変わらず、またいくらでも飲めそうなのが不思議である。二夜つづきの豚骨は辛いので、このたびは正統派のタイ。イシダイにマダイにホタ。

「ホタ？」

アオダイのこと。屋久島近海ではサバがどっさりとれるので、カツオブシならぬサバブシを加工している。

「明日の縄文杉はどうしますか？」

山歩きは卒業した気分なので、パスすることにした。縄文はともかく弥生杉は見たので、もう十分。三本足杉というのもあって、なぜか根元が三つに分かれて大きく張り出していた。「ヤクスギランド」とよばれる群生地には、くぐり杉、仏陀杉、双子杉、岩戸杉、蛇紋杉……試し切りのあとがあるのもあって、「不合格」とされたのが天を覆うまでに生長した。

翌朝、タクシーでゆっくり東海岸の道を走ってもらった。船行、安房、麦生、原、尾之間。なつかしい気がするのは、林芙美子の「屋久島紀行」でなじんでいたからである。小説『浮雲』を構想中、舞台となる屋久島の取材に来た。戦争が終わって五年目の昭和二十五年（一九五〇）のこと。どうして屋久島を舞台にしようと思い立ったのかは不明だが、当時の占領下の日本では、ここが一番南のはずれの島だった。戦争による心の傷に苦しむ主人公に、南の辺境でやすらぎを見つけさせたいと思ったものか。

先立って発表された紀行記がくわしく語っているが、林芙美子は安房の港から、はじめて島を見上げた。

「凄い山の姿である。うっとうしいほどの曇天に変り、山々の頂には霧がまいていた。全く、無数の山岳が重畳と盛り上っている」

おりあしく風邪ぎみで、辛い旅になった。寒け、また頭痛がする。「島の薬屋で、ソボリンとノーシンを買った」などの記述が入ってくる。「昏々《こんこん》として、軀《からだ》が沈みこみそうである」とも述べている。もしかすると風邪だけではなかったのかもしれない。当人は知る由《よし》もなかったが、翌年六月、作家林芙美子は心臓マヒで急逝した。何らかの兆しがあったのだろうか。そういえば紀行記に不似合いなこんな言葉がまじりこむ。

「何となく追われる気がして、この思いは、奇異な現象である」

「熱っぽくて何事にも興味がない」

「どうすればいいのか判らないような、荒漠とした思いが、胸の中に吹き込む」

安房から尾之間まで四里。そのころはタクシーなんてものはなく、トラックの運送店に交渉して、いちども使ったことのないバスで走ってもらうことにした。道路は「田をこねかえした」ようだし、橋が腐っていて、下は深い谷間なのだ。そろそろ渡るたびに胆を冷やした。原の学校をかすめると、子供たちがバスを追いかけてきた。運転手によれば、トラックが通ると、子供は二里でも三里でも走ってついてくる。

「子供はみな裸足だった」

四里あまりを二時間かかって到着。リチギ者の林芙美子は頭痛・咳こみをこらえながら、自分を奮い立たせるようにして取材にまわった。萱ぶきの工場では甘蔗《かんしょ》を煮立てて黒砂糖をつくっている。一斤につき十八円の消費税、さらに所得税をとられるので手元には何も残らない。前夜に彼女は宿でひらかれていた税務官吏の酒宴のようすをながめていた。夜ふけに女の迎えがあって官吏がドヤドヤと出ていき、明け方にもどってきたことも書きそえた。

「私はひどく疲れているのを感じた。麦束を背に負った、裸足の娘に行きあった。女のよく働くところである」

海は荒れていて、白い馬が海原を走っているように見えたというが、こころなしか、末期の目に映った風景のように読める。

小説『浮雲』は死の二ヵ月前に出た。敗戦とともに仏印（インドシナ）から帰ってきた主人公が屋久島にやってくる。傷ついた心を「見捨てられた島」の豊饒な自然と淳朴な人々が迎えてくれる。鹿児島はもともと、貧しい行商人の娘芙美子が、幼い日を過ごしたところであって、「桜島で幼時を送った私も、石ころ道を裸足でそだったのだ」。「裸足」が何度も出てくるのは、自分とかさなる一点だったせいだろう。ともあれ、もはやすべては夢のような気がして、それで紀行記に詩をまじえたのかもしれない。

屋久島は山と娘をかかえて重たい島
素足の娘と子供は足の裏が白い
柔い砂地はカンバスのようだ
遠慮がちに娘は笑う

尾之間でタクシーに待ってもらって、共同湯に立ち寄った。男湯は無人だったが、女湯では、にぎやかな声がしていた。ポンカンやトビウオが話題になっているらしい。

「尾の間には温泉もあると聞いた」
温泉好きの林芙美子は湯に入りたかったが、風邪を考えてやめにした。もし入っていれば、たくましい島の女たちの体を見て、大いによろこんだのではあるまいか。

あとがき

一九四〇年の生まれである。食べざかりが戦後の窮乏期ときている。ひもじい思いをかみしめながら成長した。腹がへるとおなかが声を上げることを、よく知っている。「グー」となったり、「クエー」と叫んだり、「グワー」とうめいたりする。子ども心にカラっぽの胃袋の中で、腹の虫が七転八倒している姿を想像した。

だから何を食べてもうまかった。冷や飯にカツオ節をまぶし、フライパンでいためながら醬油をかける。弟と二人してアツアツをむしゃぼり食った。胃袋がわななきながら受けとめる。そのわななきぐあいを昨日のことのように覚えている。

はじめて玉子丼を食べたとき、世の中にこんなにおいしい食べ物があるのかと驚嘆した。以来、とりわけ丼物が好きになった。「長崎のカツ丼」の章に書いているが、いまもなおお持ちおもりのする丼鉢を両手にすると、無上の幸せを感じる。蓋をとると、湯気がやわらかく鼻をくすぐりにきて、なんともけなげな食べ物なのだ。

マクドナルドもファーストフードも知らない世代であって、二十代では安くてうまい焼とり屋、ついでおでん屋のコップ酒になじんだ。

初恋の人とは、スープをコトコト煮込む夕げの話をした。銀座でデートをして、赤い張り出しの小屋根のある洋食屋でオムライスを食べた。紙ナフキンで口を拭うことを、はじめておぼえた――

そういう人間が満七十五歳になる。どうしてこんなに長生きしたのか。自分にもよくわからない。気がついたら、このトシになっていた。

身長百七十センチ、体重六十八キロ。この二十年、ほとんど変わらない。高血圧の体質なので血圧の薬を処方してもらっているが、ほかに病院とは縁がない。

食事に自分なりのルールはあるが、べつに長命をこころがけてのことではない。要するにおいしく食べたいからである。おいしく食べたり飲んだりしているかぎりは健康であって、ものの順序として、その先に長命が控えているらしいのだ。

おいしく食べる秘訣は何か？　あらためて言うまでもなく、腹がへっていることとである。少年期に身にしみて知ったとおり、空腹はいかなる料理にもまさる味つけをする。そこから、わがルールの一つが生まれた。食事は三度ではなく朝夕の二度。省いた一度分は、空腹をもたらす調味料。

名の知れた料亭のコース料理を食べながら、ゲストの話を聞くという仕事をした。正確にいうと、ゲストの話を聞く人の横にいて相槌を打つ役まわりだった。食べながらお喋りするのは難しいものだが、相槌は簡単なので料理に専念していられる。

「ハー、ナルホド」

名のある店では前菜がコッている。旬の食材が季節感をあらわすように細工してあって、うまいとかどうとかいうわけではなく、見て楽しむもののようだった。

「ナルホド、さすがですね」

相槌と料理評をいっしょにしたぐあい。先付けのあとは椀物で、どうして早々に汁物なのか、いつも首をかしげながら、うやうやしくいただいた。

コースのしめは、きまって香の物と季節の炊きこみご飯。腹一杯でも、むろんいただく。お酒もけっこう頂戴したのに、料亭クラスとなると居酒屋とちがって、なぜか酔いがそっとひいていく。そんな仕事を七年やった。カツオ節焼き飯少年が他人のお勘定で、天下のゴチソーを一生分食べつくした。

この『旅の食卓』は、いま述べたような人間が、旅と食を語ったものである。出版社のWEBマガジンに連載を言われたとき、かなり思案した。旅は好きだが、グルメ旅行などしたことも考えたこともない。由緒ある旅館の名物料理に、とりたてて関心もなかった。そもそも一晩ウン万円の宿は、性に合わないし、財布が許さない。たいてい朝食無料の駅前ホテルが定宿で、シャワーをあびたあと、駅前近辺に足を運ぶ。下見の一巡をしてから、ドーナツ屋の横手の小路の小さな居酒屋というか御飲屋さんというか。変哲もないといえばまったくそのとおりの、めだたない店が多い。ただ通りかかったとき、店の前のメニューにワンタンの文字を見つけて、入る気になった。なぜかワンタンが新鮮な気がしたからで、たしかにいろんな具を上手に盛ったワンタンはとてもうまかった。

「そういう旅の食卓でもいいんですか？」

いいということで連載が始まった。

「写ルンです」がわが愛用のカメラで、現像したのを旅の時系列で整理している。サービスでくれる簡単なアルバムだが、めくっていくと居ながらにして、もう一度旅ができる。この二十年間のなかから、多少とも「食影」のつよいのを選んで全国をひとめぐりした。ファイルにしていたメモやチラシやパンフレットやメニューやらが手引き役をしてくれた。

石巻は『日本風景論』（角川選書・二〇〇九年）に「河口」のテーマで取り上げている。そのとき、なぜか「生死を知らず」のタイトルにしていた。東日本大震災の三ヵ月後に再訪。言葉もなく、写真もとらずに帰ってきた。ここでは、そのことを書いた。

いちおう旅ごとに食べ物、飲み物が出てくるが、ほんとうに食べたかったのは、その地の川を語った小説だったり、忘れられた詩人だったり、若いころの変てこな友人だったり、幼いころの記憶だったりで、肝心の食べ物は添え物のきらいがある。強烈なひもじさを友として育った世代は、胃袋の満タンだけでは満ち足りないらしいのだ。

WEB連載（二〇一四年四月〜二〇一六年五月）以外では「松江のジョテイ流」は「酒場漂流」（「サントリークォータリー」・一九九六年）、「魚沼の食材とおやつ」は「南魚沼・魅力の食材を求めて」「南魚沼の味を旅する」（ともに新潟県南魚沼市発行小冊子・二〇一四〜一五年)、「隠岐周遊記」は「ひととき」(ウェッジ編集・JR東海発行・二〇一五年八月号)を初出として、いずれもかなり手を加えた。

発案は亜紀書房編集部の内藤寛さんである。生来はナマケモノだが、言われるとわりかし勤勉になるたちで、本にするにあたり、「大人の絵本風にしませんか」と言われ、落書ノートからいそいそと渡したのが、イロドリとして添えられている。この二年あまり、とても楽しい「旅仕事」になった。内藤さんに心よりお礼を申し上げる。

二〇一六年　七月

池内　紀

池内紀（いけうちおさむ）
1940年、兵庫県姫路市生まれ。ドイツ文学者、エッセイスト。主な著書に『ゲーテさんこんばんは』（桑原武夫学芸賞）、『海山のあいだ』（講談社エッセイ賞）、『二列目の人生』、『見知らぬオトカム―辻まことの肖像』、『恩地孝四郎』（読売文学賞）、『亡き人へのレクイエム』など。訳書に『カフカ小説全集』（日本翻訳文化賞）、『ファウスト』（毎日出版文化賞）など。山や町歩き、自然にまつわる本も、『森の紳士録』、『ニッポン周遊記』など多数。

旅の食卓

2016年8月17日　第1版第1刷発行

著者　池内紀

発行所　株式会社亜紀書房
〒101-0051
東京都千代田区神田神保町1-32
電話 (03)5280-0261
振替00100-9-144037
http://www.akishobo.com

装幀　南伸坊
イラスト　池内紀
DTP　コトモモ社
印刷・製本　株式会社トライ
http://www.try-sky.com

Printed in Japan

POST CARD

illustration by Osamu Ikeuchi
池内紀『旅の食卓』亜紀書房刊

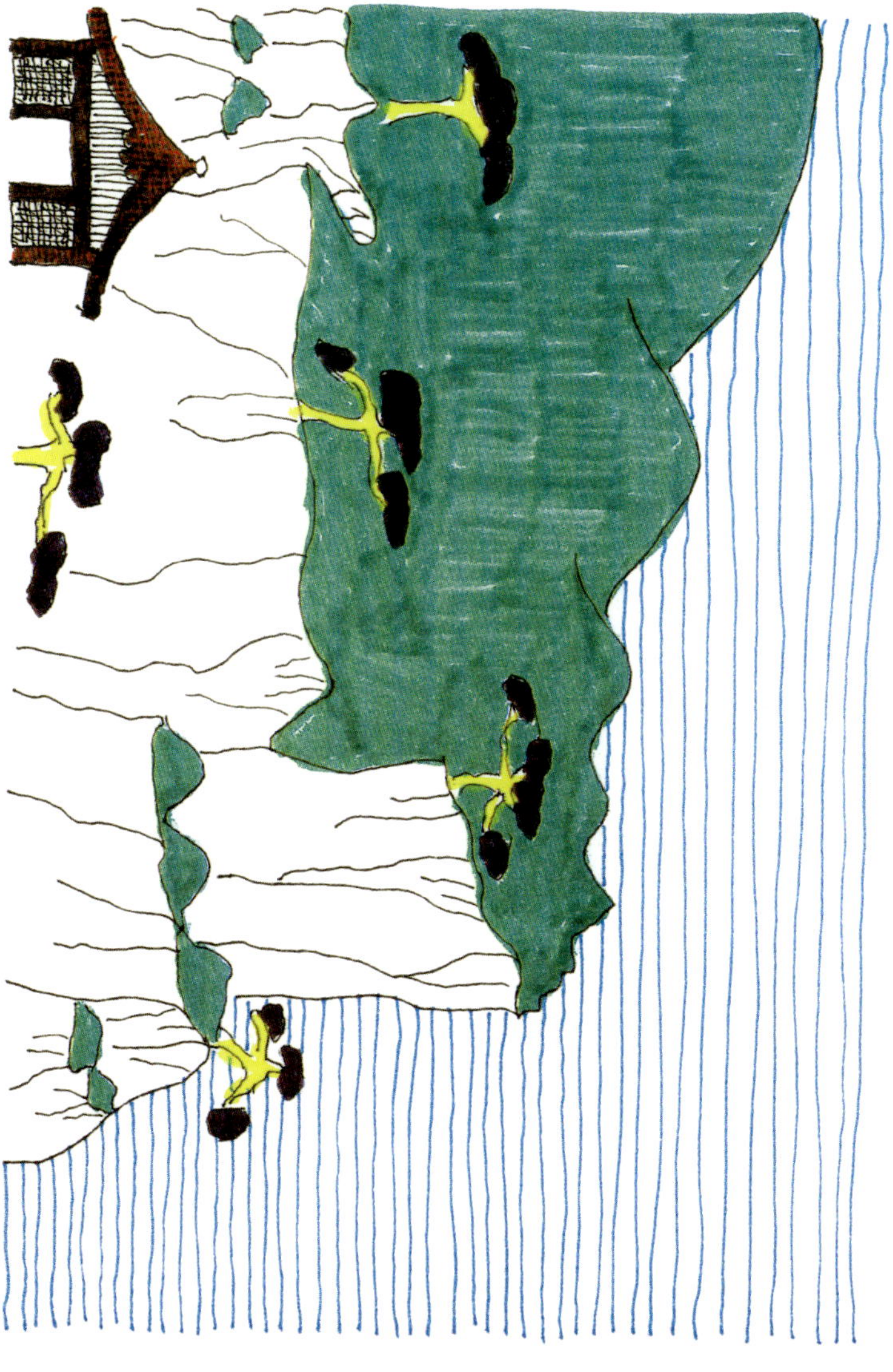

POST CARD

illustration by Osamu Ikeuchi
池内紀『旅の食卓』亜紀書房刊

POST CARD

illustration by Osamu Ikeuchi
池内紀『旅の食卓』亜紀書房刊